지금 가장 젊은 너에게 건넬
뜨거운 응원의 명시 110편과 명화 콜라보

아들아, 외로울 때 시를 읽으렴

신현림 엮음

사과
꽃

지금 가장 젊은 너에게 건넬
뜨거운 응원의 명시 110편과 명화 콜라보

아들아, 외로울 때 시를 읽으렴

신현림 엮음

사과
꽃

혼자
모든 것을 이겨내는
너를 위하여

　나에게는 여고 2학년이 된 딸이 있단다. 딸이 기숙사가 있는
학교로 전학을 간 후 나는 딸과 떨어져 살아. 주일에 우리가 만
나면 딸은 내 짐이 여섯 개라도 다 들어다 준다. 그러면 나는
속으로'너는 원더우먼 같구나'라고 중얼거리지. 그러면서 나는
방탄소년단 같은 아들도 있음 좋겠어, 라는 마음은 숨기곤 해.
혹시 딸이 서운해할까 봐서 그러지. 물론 무거운 짐이나 들 어
달라고아들이 필요한 게 아니라, 누군가 없으면 있었음 하는 마
음이 사람의 본능임을 느낀단다. 또한, 우리는 혼자 살 수 없는
존재라 정든 사람들과 함께 있고 싶어 하지. 나는 물고기를 키
워봤는데, 어항에 한 마리가 있을 때와 두 마리, 세 마리가 있을
때는 다르단다. 혼자 있는 물고기는 지푸라기처럼 시들시들해.
물고기 여럿이 함께 있는 어항에는 기운찬 힘이 느껴져. 우리
도 물고기와 같아. 물고기는 말은 못 하지만, 뻐끔뻐끔 입을 벌
리고 오므릴 때면 내 귀에는 외로워 외로워,하는 속삭임으로 들
려. 그에 비교해 사람들의 속삭임은 더 크단다. 물고기보다 덩
치가 훨씬 크니까. 너의 외로움은 때로 메가톤급이잖아. 다들

그 메가톤급인 외로움을 애써 드러내지 않고 살지. 그건 남의 얘기에 귀 기울일 만큼 다들 바쁘기 때문이기도 하지. 특히 남자들이 외로움을 드러내면 남자답지 못하다는 관습 때문에 더 힘들지 않을까 생각해. 남자든 여자든 저마다 안 외로운 척, 폼 잡고 다니는 모습이 걱정되기도 해. 물론 짐짓 밖에서는 외롭지 않은 척해도 그 외로움이 가족들에게 신경질이나 짜증으로 내뿜어질 때가 많잖아. 어느 날 딸이 내게 잔소리하면 어릴 때의 자식이 그린 고양이를 보며 이렇게 되뇌였단다.

"엄마는 8춘기야. 너의 사춘기를 견디느라 나는 8춘기가 되었어. 이 8춘기를 견디느라 시를 보았어."

그래, 나는 시를 보며 사춘기부터 지금의 8춘기를 견뎌왔어. 문득 너희를 부르고 싶어지는구나. 아들아, 느닷없이 부르는 '아들아'란 이름이 아주 달콤하네. 나는 세상의 딸과 세상의 아들을 다 내 자식으로 여기는 마음이 절실한 시대라고 본다. 세상의 많은 문제들은 남의 아이들을 내 아이들처럼 여기지 않는 어른들의 잘못이라고 생각해. 그래서 어느 날 인사동을 지날 때 세상의 모든 학생과 청년이 내 아들이라 여기니 얼마나 흐뭇하던지. 혼자 빙그레 웃었단다. 내가 너희들을 아들이라 여겨도 괜찮겠지. 그런데 또 한 명의 아들이 물고기처럼 고요히 지나치면서 이렇게 말하는 거 같았어. "시를 읽으면 따분해요." 이런 말을 들으면 슬프단다. 시를 거의 안 읽어본 사람의 말투 같아 쓸쓸해지는 거야. 그래서 나는 오랜 세월 틈틈이 따분하지 않은 좋은 시들을 모으곤 했단다.

드디어 아들들아, 7년 전에 낸 "딸아, 외로울 때는 시를 읽으렴"이 20만이라는 딸들의 커다란 성원에 힘입어 세계시모음집 "아들아, 외로울 때 시를 읽으렴"을 마련했단다. 세계명화 콜라보로 말이야. 어때, 멋진 일이지 않니? 이렇게 큰소리로 얘기해 보렴.

"네, 詩엄마, 詩마미, 정말 시를 읽으니 속이 후련해요. 내가 미처 생각지 않고, 내가 말하고 싶은 사연이 다 있네요"

이렇게 말해주면 얼마나 기쁠까. 하지만 장난으로라도 '놀고 있네. 詩엄마.' 라고 놀리지는 마렴. 어쨌든 우리는 시詩없이 살면 인생은 시시해지고 만단다. 우리는 혼자 살 수 없으면서도 어쨌든 혼자 모든 것을 이겨내지 않으면 안 되지. 더군다나 요즘은 더 철저히 홀로 모든 일을 해내지 않으면 안 되는 세상이 되었어. 많은 슬픈 일들이 생기고 있어. 저마다 혼자지만, 자기만 알고 자기만 배부르고, 내 가족만 챙기는 인생을 살다가면 뭐가 될까? 세상에 아무 도움도 안 주고 혼자만 생각하다 죽으면 인생이 뭐가 될까. 참 재미없는 인생, 무가치한 인생이 아닐까. 그래서 더욱 시를 읽어야 한단다. 바쁠수록 더 그렇단다. 적어도 좋은 시는 함께 울고 함께 웃길 바라는 마음으로 흐르게 만든단다. 시는 사랑이기 때문이란다. 시는 잊힌 사랑과 정情을 살려내지. 그리하여 시는 삶을 좀 더 값지고, 순간순간 생의 깊은 맛과 흥미, 미처 깨닫지 못한 일들을 보고 느낄 수 있게 해준단다. 그것뿐만 아니라, 내가 답답하고, 힘들고, 막막할 때, 목놓아 울고 싶을 때, 다시 살고 사랑하고 싶을 때 시를 읽으렴. 천천히 불어오는 솔바람처럼 마음을 식혀주고 생의 기쁨이 되살아나기 시작한단다. 결국, 이 시대의 진정한 영혼의 자기개발서가 시란다. 그건 혼자서도 잘 지낸 기쁜 시간이 되기 때문이야. 앞으로 어떤 외로움속에서도 잘 지낼 힘을 키우게 된단다. 내 딸과 우리 아들들은 좋은 시를 많이 찾아 읽길 바란다. 여기에 일상생활에서의 따스하고 풍요로운 감성을 주는 시들과 수많은 걱정을 잠재우고, 지혜로 오는 시들, 따스한 위로 와 용기와 사랑의 시들이 가슴을 일깨울 시 110편을 아들들 곁에 진달래꽃처럼 놓아두련다. 이 시들이 힘들 때, 그리움에 사무칠 때 우리 아들들을 따스하게 안아줄 거라 믿는단다. 어느 봄날 우리 조국의 아들들에게 나의 시를 바치고 싶구나. 너희가 그리움에 사무칠 때 돌아보길 바라는 내 시 한 편을 놓아두며 110편의 세계명시와 세계명화들로 아들들의 삶이 조금은 바뀌고, 따스해지길 기도하마.

2018. 의왕 고향집을 바라보며, 서촌에서

신 현 림

행복은 행복하리라 믿는 일
정성스런 내 손길이 닿는 곳마다
백 개의 태양이 숨 쉰다 믿는 일

소처럼 우직하게 일하다 보면
모든 강 모든 길이 만나 출렁이고
산은 산마다 나뭇가지 쑥쑥 뻗어 가지
집은 집마다 사람 냄새 가득한 음악이 타오르고
폐허는 폐허마다 뛰노는 아이들로 되살아나지

흰 꽃이 펄펄 날리듯
아름다운 날을 꿈꾸면
읽던 책은 책마다 푸른 꿈을 쏟아 내고
물고기는 물고기마다 맑은 강을 끌고 오지

내가 꿈꾸던 행복은 행복하리라 믿고
백 개의 연꽃을 심는 일
백 개의 태양을 피워 내는 일

신현림
「꿈꾸는 행복」

일단 내가 시작해야 해.

일단 해 보아야 해

여기서 지금

Bimbo che Legge * Antonio Mancini

시작해야 하는 것은
내 자신이다

일단 내가 시작하자. 일단 해보자
여기서 지금
바로 내가 있는 곳에서
다른 어디서라면
일이 더 쉬웠을 거라고
핑계대지 않으면서.
장황한 연설이나
과장된 몸짓 없이
다만 보다 더 지속적으로
— 나 자신의 내면에서 아는
존재의 목소리와
잘 어울려 살고자 한다면
— 시작하자마자
나는 홀연히 알게 되리
놀랍게도
내가 유일한 사람도
첫 사람도
혹은 가장 중요한 사람도 아니라는 것을
그 길을 떠난 사람들 사이에서
모두가 정말로 길을 잃을지 아닐지는

전적으로
내가 길을 잃을지 아닐지에 달렸음

바츨라프 하벨

약속

먹을 것이 없어도
배가 고파도
우리는 살아 나갈 것을
약속합시다.
세상은 그리 아름답지
못하나
푸른 하늘과 내
마음은 영원한 것
오직 약속에서 오는
즐거움을 기다리면서
남보담 더욱 진실히
살아 나갈 것을
약속합시다.

박인환

사랑이 유행에 뒤떨어져 있으면

사랑이 유행에 뒤떨어져 있으면
우리 유행에 뒤떨어진 채로 살아요.
이 세상을
작은 손 안에 든
복잡한 공으로 보고
우리의 가장 검은 옷을 사랑해요
오랜
정신을 통해 이어져 내려온
진리와 용기 그 밖에 것에는
가난해져요

조상과
산 자의 음악과 친해져요

사랑이 위험하면
위대한 강가를
모자도 쓰지 않고
걸어요
불길 아래 핀
꽃들을 모아요.

앨리스 워커

Boy on a Grass * Nikolay Bogdanov-Belsky

인생의 짧음과 풍요로움

우리는 자기 것도 아닌 인생을
왜 이리도 바쁘게 살아야 하는 걸까?

"천천히 살아야지"
하늘이 말했다.
나무가 말했다.
그리고 바람도 말했다.

오사다 히로시

시대는 변하고 있어

사람들아 모여라, 어디를 떠돌든지
변화의 물결이 차오름을 인정하자
그 물결이 이내 뼛속 깊이 적실 것임을 받아들이자

그대의 인생이 그대 자신에게 소중하다면
헤엄치기 시작하는 것이 좋으리라. 아니면 돌처럼 가
라앉을지니
시대는 변하고 있으므로
펜으로 예언을 말하는 작가와 논객들이여 오라
눈을 크게 뜨라, 기회는 다시 오지 않으니
운명의 바퀴는 아직 돌고 있으니 서둘러 논하지 말고,
서둘러 규정할지 말지어다
지금의 패자들은 훗날 승자가 되리니
시대는 변하고 있으므로
국회의원들, 정치인들아, 사람들의 부름에 귀기울이라
문 앞을 가로막지 말고 회관을 봉쇄하지 말라
상처 입는 것은 문을 걸고 버티는 이들이 되리라
바깥 세상의 싸움은 점점 뜨거워지고 있으며
머지않아 그대들의 창문을 흔들고 벽을 두들기리니
시대는 변하고 있으므로
온 땅의 어머니, 아버지들도 함께하자

자신이 이해하지 못한 것들을 비난하지 말길
당신의 아들딸들은 당신의 통제를 넘어서 있으니
그대들의 옛길은 빠르게 낡아간다
손을 내밀지 않을 거라면 비켜서 주기를
시대는 변하고 있으므로
한계선이 그어지고, 저주가 퍼부어지고 있다
지금은 더디지만 이후 속도를 얻으리라
지금의 현재는 훗날 과거가 되리라
지금의 질서는 빠르게 사라져 가니
지금 정상에 선 자들은 훗날 말단이 되리라
시대는 변하고 있으므로

밥 딜런

공원에서

작고 작은 노루 한 마리가 꿈결인 듯 환한 모습으로
작고 작은 나무에 잠자코 서 있었다
그 때가 밤 11시 2분이었다
다음 새벽 4시에
다시 그 곁을 지나게 되었다
그 때도 이 짐승은 여전히 꿈에 잠겨 있었다
이제 나는 살금살금 –나는 숨도 제대로 못쉬었다–
바람을 맞으며 나무 있는 데로 기어가
노루 몸을 슬쩍 쳤다
알고 보니 석고상이었다

요하임 링엘나츠

나는 부족해도

나는 나의 결점들과
사랑에 빠지고 있다.
세면대를 깨끗이 닦지 못한 점.
오일 체크할 것을 잊고,
주차장에서 내 차를 잃어버리고,
메모해놓은 약속을 잊고,
조금씩 늦는 것

내 얼굴의 조그만 혹들을 사랑하려 배우고 있다.
내 코의 큰 뾰루지를
머리칼 없는 머리를
이빠진 손톱을 문질러 떼고
발가락들은 삐죽이 튀어나왔다.
그 이유를 더 이상 알려 들지 않고,
열린 결말의 미스테리를,
사랑하기를 배우고 있다.

나는 실패하는 것을 배우고 있다.
목록을 만드는 것에서
내 시간을 지혜롭게 쓰고
읽을 책을 읽는 것에서

Self-Portrait in Lilac Shirt * Egon Schiele

나는 일관성 없는 것,
부조리, 건망증 대신에

아마도 나는 내 옷장에
옷들을 깔끔하게 걸어놔야 하겠지.
모든 셔츠를 함께 모으고, 그리고 바지도..
더없이 사랑하는 내 가족에게
크리스마스 카드를 보내야겠지.
하고 싶은 말을 전하면 더 좋겠어.

하지만 나는 빗소리를 듣느라
시간을 낭비하거나
내 고양이 아래 누워서
그르렁거리는 것을 배우고 있을듯 싶다.

나는 매 순간
나중에 지워도 될 일들로
매순간을 채우는데
썼다

만족스런 나는
빨래를 잘 세탁해서 개어둔 것이다.
나의 모든 서류들을
있는 그대로 사실과 아닌 것으로 나누는 것이다.
하지만

이제, 허탈한 마음을 내가 찾는 것이다.
형태 없는 모양
알 수 없이 중심을 벗어난
때때로 허구적인
나.

                              엘리자베스 칼슨

비정규

아버지와 둘이 살았다 잠잘 때 조금만 움직이면 아버지 살이 닿았다 나는 벽에 붙어 잤다

아버지가 출근하니 물으시면 늘 오늘도 늦을 거라고 말했다 나는 골목을 쏘다니는 내내 뒤를 돌아봤다

아버지는 가양동 현장에서 일하셨다 오함마로 벽을 부수는 일 따위를 하셨다 세상에는 벽이 많았고 아버지는 쉴 틈이 없었다

아버지께 당신의 귀가 시간을 여쭤본 이유는 날이 추워진 탓이었다 골목은 언젠가 막다른 길로 이어졌고 나는 아버지보다 늦어야 했으니까

아버지는 내가 얼마나 버는지 궁금해하셨다

배를 곯다 집에 들어가면 현관문을 보며 밥을 먹었다 어쩐 일이니 라고 물으시면 뭐라고 대답해야 할까 외근이라고 말씀드리면 믿으실까 거짓말은 아니니까 나는 체하지 않도록 누런 밥알을 오래 씹었다

그리고 저녁이 될 때까지 계속 걸었다

최지인

Préfailles, la sortie de bain * Henri Lebasque

어머니가 아들에게

애야, 내 말을 들어 보렴
내 인생은 빛나는 계단이 아니었단다.
뾰족한 압정이 널려 있고
튀어나온 나무 가시와 깨진 판자들,
그리고 카펫조차 깔리지 않은
맨바닥도 많았어.
하지만 쉬지 않고 올라왔지.
한참 올라온 다음에는
다른 곳을 향해 다시 올랐단다.
때로는 캄캄한 허공을 더듬으면서 갔어.
그러니 애야,
인생의 계단에서 돌아서서는 안 돼.
힘이 좀 든다고
주저앉아서도 안 돼.
절대 쓰러지지 말거라.
나는 지금도 오르고 있거든.
비록 빛나는 계단은 아니지만 말이야.

랭스턴 휴즈

최악이란 건 없다,
그런 건 없다

최악이란 건 없다, 그런 건 없다.
깊은 슬픔의 정점 너머로 내던져지면,
더 많은 괴로움들이 이전 괴로움들에게
배워 더 거칠게 비틀리라.
하느님, 어디, 어디에 당신의 위로가 있습니까?
우리의 어머니 마리아시여,
어디에 당신의 구원이 있습니까?
나의 비명은 가축떼처럼 길게 굽이치고,
주된, 으뜸가는 슬픔, 이 세상 고통 속에 웅크리고,
해묵은 모루 위에서 다시 태어나려 꿈틀댄다.
그러다가 잠잠해지고, 그러다가 그친다.
복수의 여신이 날카롭게 외쳤었다,
"질질 끌지 말자! 강인해져야지. 부득이 빨리 끝내야
해."
오, 마음, 마음에는 산들이,
섬뜩하고 가파르고 누구도 측량한 적 없는
깎아지른 듯한 벼랑들이 있다.
거기 매달려 본 적이 없는 이들은
그 벼랑들을 하찮게 여길지 모른다.
우리의 얼마 되지 않는 참을성으로는

그 벼랑이나 심연을 오래 견디질 못한다.
여기다! 가없은 이여,
회오리바람을 피할 수 있는 안식처로 기어들어라.
뭇생명을 죽음이 끝장내고
하루하루는 잠으로 죽으니까.

제러드 맨리 홉킨즈

Mental Arithmetic. In the Public School of S.Rachinsky * Nikolay Bogdanov-Belsky

배움을 찬양한다

배워라 단순한 것을 여러분에게
여러분의 시대가 왔다
너무 늦은 법은 없다!
배워라 가나다라를 그것만으로는 양이 차지 않겠지만
우선 배워라! "이제 와서 새삼스럽게" 그런 말일랑 하
지 말고
시작해라! 여러분은 모든 것을 알아야 한다
여러분은 선두에 서야 한다

배워라 여인숙에 사는 사람들이여
배워라 감옥에 있는 사람들이여
배워라 60세의 여인이여
배워라 60세의 여인이여
여러분은 선두에 서야 한다
학교를 찾아라 집 없는 사람들이여
지식을 손에 넣어라 추위에 떠는 사람들이여
굶주린 사람들이여 책을 잡아라 손에 그것은 무기의
하나다

여러분은 선두에 서야 한다
동지여 질문하라 망설이지 말고

듣는 것만으로 만족하지 말고
듣는 것만으로 만족하지 말고
스스로 음미해 보라!
스스로 이해할 수 없는 것은
앎 속에 들어가지 않는다
감정서를 검산하라
지불을 독촉받는 것은 여러분인 것이다
하나하나의 터득 속에 손가락을 짚어가며
질문하라 이제 어째서 이러느냐고
여러분은 앞서나가야 한다

베르톨트 브레히트

엉망진창으로 어질러진 방

누구의 방이라도 이건 정말 부끄러운 일이야!
속옷은 스탠드에 걸려 있고
우비는 무언가로 가득 찬 의자 위에 있고,
그리고 그 의자는 아주 더럽고 축축하고
연습장은 창문에 끼워져 있고,
스웨터는 마루바닥에 나 뒹굴고,
목도리와 스키 한 짝은 Tv 밑에 있고,
바지는 아무렇게나 방문에 걸려 있네.
책들은 벽장에 난잡하게 쌓여 있고,
조끼는 복도에 던져져 있고,
에드라고 불리는 도마뱀은 침대에 잠들어 있고,
꼬린내 나는 오래 된 양말은 벽 사이에 끼워져 있네.
누구의 방이라도 이건 정말 부끄러운 일이야!
도널드, 로버트, 아니면 릴리, 아니면……
뭐라구? 내 방이라고 말했어? 아니우, 이런,
어쩐지 모든 게 눈에 익숙하더라니!

쉘 실버스타인

실수는 원동력

실수하지 않는 사람이 있을런가!
콜럼버스가 실수하지 않았더라면
남미는 존재하지 않았더라면
북미는 존재하지 않을 것이다.
마호메트가 실수하지 않았다면
지금 우리 모두는 회교도일 것이다.

니카노르 파라

마야코프스키와

네루다의 시에 탐닉했다

그리고

열띤 토론은 또 다른 책을 탐닉케 했다

Portrait of Rodo Reading *Camille Pissarro

탐독

올바른 목적은
수단을 정당화한다
'해적과 달'은
라스콜리니코프로 가는 길을 열어주었다
엘리샤에서 네루다까지
그리고
열띤 토론은 또 다른 책을 탐닉케 했다
스테판 츠바이크,
보들레르와 세익스피어
엥겔스와 도스토예프스키
크로포트킨과 트로츠키
폴 발레리와 가르시아 로르까
그 외 많은 아나키스트들,
레온 펠리페의 '훈장'
레닌의 '유물 변증법'
모택동의 '신중국론'
사르트르의 '벽'
마르크스의 '경제학, 철학수고'
네루다와 랭보
…
특히,

마야코프스키와
네루다의 시를 탐닉했다

체 게바라

기쁨 가득 아픔 가득

기쁨 가득
아픔 가득
생각 가득 고통에 시달리며
두려워하며
참아내기
끝까지 견뎌보기
하늘 높이 환호하고
땅 끝까지 우울하기
사랑하는 영혼만이
행복을 맛볼 뿐

요한 볼프강 폰 괴테

그대는 나의 전부입니다

당신은
해질 무렵
붉은 석양에 걸려 있는
그리움입니다
빛과 모양 그대로
내가 가장 좋아하는 구름입니다.

그대는 나의 전부입니다.
부드러운 입술을 가진 그대여
그대의 생명 속에는
나의 꿈이 살아 있습니다
그대를 향한
변치 않는 꿈이 살아 숨쉬고 있습니다

사랑에 물든
내 영혼의 빛은
그대의 발 밑을
붉은 장밋빛으로 물들입니다

오, 내 황혼의 노래를 거두는 사람이여
내 외로운 꿈속 깊이 사무치는

그리운 사람이여
그대는 나의 전부입니다.
그대는 나의 모든 것입니다

석양이 지는 저녁
고요히 불어오는 바람 속에서
나는 소리 높여 노래하며
길을 걸어갑니다

사랑하는 그대여
내 영혼은
그대의 슬픈 눈가에서 다시 태어나고
그대의 슬픈 눈빛에서 다시 시작됩니다

파블로 네루다

Les Amoureux-Musée des beaux-arts de Nancy * Emile Friant

감각

여름날 푸른 저녁에 나는 들길을 가리라.
보리날 쿡쿡 찔리는 잔풀을 밟으며
마음은 꿈꾸듯 발밑으로 그 신선함 느끼리.
바람은 절로 내 맨머리를 씻겨주겠지.

아무 말도 하지 않고, 아무 생각도 하지 않으리.
한없는 사랑은 내 영혼에서 피어나리니,
나는 멀리 멀리 가리라, 방랑자처럼,
연인과 함께 가듯 행복하게, 자연 속으로.

아르튀르 랭보

그러나 어쨌든

거리는 매독환자의 코처럼 사라져버렸다.
강은 침에서 흘러나온 색욕,
마지막 잎새까지 속옷을 벗어내던진
6월의 정원은 보기 흉하게 황폐해졌다.

나는 광장으로 걸어나와,
진홍빛 가발을 쓰듯이
불타버린 구역을 머리에 뒤집어썼다.
공포에 떨고 있는 사람들── 생각없이 내뱉은 내 말에
그들은 발을 움직거린다.

그러나 사람들은 날 비난하지도, 매도하지도 않고,
예언자의 발 밑에 꽃을 뿌리듯 내 발 밑에 꽃을 흩뿌린다.
코가 없어져버린 이 모든 사람들은 알고 있다.
내가 그들의 시인임을.

당신들의 무시무시한 법정이 나는 무섭다, 술집처럼!
후끈 달아오른 사창가를 홀로 지나는 나를
매춘부들은 성물聖物을 나르듯 두 손으로 나를 이끌고
자신의 무죄를 신에게 증명한다.

신도 내 시집을 보고 통곡하겠지!
아무 말 못하고 온 몸을 부들부들 떨 뿐;
신은 겨드랑이에서 내 시집을 끼고 하늘을 뛰어다니다가
숨이 차면 자기 친구들에게 시를 읽어주겠지.

블라디미르 마야코프스키

지금은 취할 시간이다
시간의 학대받는 노예가 되지 않으려면 취하시오

취하라

늘 취해 있어야 한다. 핵심은 바로 거기에 있다.
이것이야말로 그대의 어깨를 짓누르고 그대의 허리를
땅으로 굽히게 하는 무서운 시간의 중압을 느끼지 않게
하는 유일한 과제이다.

쉬지 않고 취해야 한다. 무엇으로냐고?
술, 시, 혹은 도덕, 당신의 취향에 따라. 하여간 취하라.

그리하여 당신이 때로 고궁의 계단이나
도랑의 푸른 잔디 위에서
또는 당신 방의 삭막한 고독 속에서
취기가 이미 줄었든가
아주 가버린 상태에서 깨어난다면 물으시오.

바람에게, 물결에게, 별에게, 새에게, 벽시계에세,
달아나는 모든 것, 탄식하는 모든 것, 구르는 모든 것,
노래하는 모든 것, 말하는 모든 것에 물으시오.
지금 몇 시냐고.
그러면 바람은, 별은, 새는, 벽시계는 대답하리라.
"지금은 취할 시간이다!
시간의 학대받는 노예가 되지 않으려면 취하시오.

쉬지 않고 취하시오!

술로, 시로, 또는 도덕으로, 당신의 취향에 따라.”

샤를 보들레르

조감도

— 운동

일층우에있는이층우에있는삼층우에있는옥상정원에 올라서남쪽을보아도아무것도없고북쪽을보아도아무것 도없고해서옥상정원밑에있는삼층밑에있는이층밑에있 는일층으로내려간즉동쪽에서솟아오른태양이서쪽에떨 어지고동쪽에서솟아올라서쪽에떨어지고동쪽에서솟아 올라서쪽에떨어지고동쪽에서솟아올라하늘한복판에와 있기때문에시계를꺼내본즉서기는했으나시간은맞는것 이지만시계는나보다도젊지않으냐하는것보다는나는시 계보다는늙지아니하였다고아무리해도믿어지는것은필 시그럴것임에틀림없는고로나는시계를내동댕이쳐버리 고말았다

이상

사랑

사랑은 나를 바라보는 법을 알려주네.
멀리 보이는
수많은 것들 중 하나가 바로 나라는 걸 알려주네.
그렇게 자신을 바라보는 사람 누구나,
자신도 알지 못하는 사이에, 우리 심장을
수많은 질병으로부터 치유한다.
새와 나무는 그를 친구라 부르리라.

이제 그는 자신과 만물을 통해
세상이 깊고 푹 익은 빛 속에 서기를 바라네.
정작 자신은 무슨 일을 하는지 모를 수도 있다.
위대한 일을 하는 사람은 언제나
자신이 무슨 일을 하고 있는지 모르는 법이다.

체스와프 미워시

ES WAR EIN ALTER KÖNIG SEIN HERZ WAR SCHWER SEIN HAVPT WAR GRAV.
DER ARME ALTE KÖNIG ER NAHM EINE JVNGE FRAV.

ES WAR EIN SCHÖNER PAGE BLOND WAR SEIN HAVPT LICHT WAR SEIN SINN.
ER TRVG DIE SEIDENE SCHLEPPE DER JVNGEN KÖNIGIN.

KENNST DV DAS ALTE
SIE MVSSTEN

The Queen and the Page * Marianne Stokes

사랑은
나를
바라보는 법을
알려주네

첫 눈에 반한 사랑

순식간의 열정이 자신들을 맺어주었다고
두 남녀는 확신한다.
그런 확신도 아름다우나,
알 수 없는 불확실성은 훨씬 아름답다.

이 전에 한번도 만난 적이 없기에,
자신들 사이에 아무 일이 없었다고 생각한다.
그러나 거리에서 계단에서 복도에서 들리던 말소리는
무엇인가 —
수백 번 스쳐 지난 것은 아닐까?

기억나지 않는지
묻고 싶다 —
언젠가 회전문에서
얼굴과 얼굴을 맞댄 적은 없었나?
오고가는 이들 속에서 "죄송합니다"라고 중얼거린 적
은 없었나?
전화기에 대고 "잘못 거셨어요"라고 퉁명스레 말한 적
은? —
하지만 나는 알고 있다.
아니, 그들은 기억 못한다.

이미 오래전부터
서로 무수한 유희를 벌인 사실을 알면
놀라움을 금치 못할 것이다.

그들의 만남이 운명이 된 것은
금세 이루어진 일이 아니다.
우연은 그들을 가까이 끌어당기고, 멀리 떼어놓기도
하고
길을 가로막거나
터지는 웃음을 참으며
서로 엇갈려 놓기도 했다.

그들은 비록 읽지 못했지만
무수한 신호가 있었다.
아마도 삼 년 전,
아니 지난 화요일
한 사람의 어깨를 스친 나뭇잎하나가
다른 이의 어깨에 닿은 적은 없었을까?
누군가 떨어뜨린 걸 다른 이가 줍지는 않았을까?
누가 알겠는가? 어린시절 덤불 속에서
잃어버린 공을 상대방이 주웠지.

한 사람의 손길이 지나간
문고리와 초인종을
바로 다른 이가 와서 만졌을지.
수화물보관소에 맡긴 트렁크가
나란히 놓였을지.
아침에는 희미해져버렸지만
간밤에 비슷한 꿈을 꾸었을지.

모든 시작은 결국
끝없이 이어질 뿐이며,
삶이란 두꺼운 책은
언제나 중간쯤 펼쳐져 있다.

비스와바 쉼보르스카

눈동자

　너무도 멀리 있는 그대의 숨결을 듣는 밤입니다 그대
는 동굴같이 붉은 꽃을 모시고 그렇게 살았지요 그대는
그렇게 물 위에 둥둥 떠 나를 보았지요 눈동자는 물결에
휩싸이지만 그대가 안고 가는 정원은 둥근 천국에 서 있
는 입술, 달은 그대의 몸을 감고 그대의 숨결은 휘황한 달
빛이 되곤 합니다 그대는 나에게 말하세요 나는 뼈가 부
서져도 그대의 곁에 그렇게 아름다운 정원으로 남아 있
지요

김태동

그런 날

그런 날 그런 날 그런 날
따뜻한 해가 나고
만나는 사람마다 웃고 친절하고 상냥하고
잘 익은 빵을 먹고 파전도 먹는 날

하염없이 해만 나는 날
사랑하는 사람과 하루종일 잠만 자는 날
시도 푸닥거리도 없는 날
절규도 신음도 저주도 사기도
배신도 허위도 없는 날

그런 날이 있을 거라고 믿고 싶다

이승훈

Dancing ladies * Arthur Frank Mathews

우리는 알았는가?

우리는 알았는가, 무엇이 둥근 춤을 추게 하는지?
사랑이 더욱 외롭게 만드는 건
사실처럼 보였다. 모두가 서로를 위해 간직했다,
자신의 가시를, 좋지 못한 시기까지
피가 붕대 바깥으로 흘러나왔다. 상처입지 않는
경우는 무척 드물었다. 이전에 이미
어떤 고통이 타인에게 스며들었다. 버림받은
상태가 가장 커다란 불행이었다,
봄에 아무 것도 느끼지 못하고, 마치 고장난
거대한 바퀴앞에서 망가진 듯…
우리가 추락해야 했던 열 지은 나무에서
바람이 우리를 어떻게 일으켜 세웠던가,
어떤 오랜 천국의 외침으로 무척 행복했다.

두어스 그륀바인

당신이 내 곁에서
노래하고 있으니

나뭇가지아래 놓인 시집 한 권,
빵 한덩어리, 포도주 한 병,
그리고 당신 또한 내 곁에서 노래하시니
오, 황야도 천국과 다름없습니다.

오마르 하이얌

오렌지

점심에 나는 커다란 오렌지 하나를 샀다.
그 크기는 우리를 매우 흐뭇하게 했다.
나는 그 껍질을 벗기고 로버트와 데이브와 나누었다.
네 조각으로 나눠 나는 그 반을 가졌다.

오렌지는 나에게 행복을 주었다.
요즘 평범한 것들이 종종 그랬듯이.
쇼핑하고, 공원의 산책하는 것들이 그랬듯이
이것은 평화이며 평온이다. 이것은 새롭다.

그 날 남은 시간도 매우 편안했다.
나의 일정에 있던 모든 일들을 했다.
그것들을 즐겼다. 그리고 어떤 시간은 지나쳤다.
나는 당신을 사랑한다. 내가 존재하는 것에 기뻐한다.

웬디 코우프

George William Joy * A Dinner of Herbs

당신은 이미 소중한 사람이다.
언제나 당신 자신과 연애하듯 살라.

Andreas by the Window * Edvard Munch

나를 사랑하라

당신이 불행하다고 해서 남을 원망하느라
기운과 시간을 허비하지 말라.
어느 누구도 당신 인생에 영향을 끼칠 수 없다.
오직 당신 뿐이다.

모든 것은 타인의 행동에 따라 움직이는
스스로 생각과 태도에 달려 있다.
많은 이들이 실제 자신과 다른,
중요한 사람이 되고 싶어한다.
그런 사람이 되지 마라.
당신은 이미 소중한 사람이다.
당신은 당신이다.

당신 그대로 모습으로 살 때
비로소 당신은 행복해질 수 있다.
당신 그대로 모습에 평안을 느끼지 못한다면
절대 깊이 만족을 얻지 못한다.

자부심이란 다른 누구도 아닌
오직 당신만이 자신에게 줄 수 있는 것.
자기를 사랑하는 것이 소중하다.

남이이 뭐라고 하든.
어떻게 생각하든 개의치 말고
심지어 어머니가 당신을 사랑하는 것보다도
더 당신 자신을 사랑해야 한다.
삶을 언제나 당신 자신과 연애하듯 살라.

어니 J. 젤린스키

Summer * Nikolai Petrovich Bogdanov-Belsky

행복

불행의 원인은 늘 내 자신이 만든다.
몸이 굽으니까 그림자도 굽는다.
어찌 그림자가 굽은 것을 한탄할 것인가!

나 이외에는 누구도 나의 불행을 치료해 줄 사람은 없다.
내 마음이 불행을 만드는 것처럼
불행이 내 자신을 만들뿐이다.

그러나 내 자신만이 치료할 수 있다.
당신의 마음을 평화롭게 가져라.
그러면 당신의 표정도 평화롭고 환해질 것이다.

블레즈 파스칼

쌀 찧는 소리를 들으며

쌀은 찧어질 때
몹시도 아프겠지만
다 찧어진 뒤엔
솜처럼 새하얗다
사람의 세상살이도
이와 같은 것
고난은 너를 연마하여
보석이 되게 한다

호치민

벼를 세우는 시간

희망도 짐이 된다
쓰러진 벼들은 쓰러진 벼라 부르고
무너진 논두렁은 무너진 논두렁이라 부르자
상처가 영혼을 잠식해도 좋다
어제보다 더 아름다워질 수 있을까
그런 질문 없이
우리가 만날 때는 흉터는 흉터끼리 만나자
희망도 짐이 되면
차라리 바다의 파란 수평선으로나 되고 싶다

김승희

Peter Harrison Asleep * John Singer Sargent

내가 늙었을 때 난 넥타이를 던져버릴 거야
양복도 벗어 던지고,

내가 늙었을 때 난
넥타이를 던져버릴 거야

내가 늙었을 때 난 넥타이를 던져버릴 거야
양복도 벗어 던지고,
아침 여섯 시에 맞춰 놓은 시계도 꺼버릴 거야.
아첨할 일도, 먹여 살릴 가족도, 화낼 일도 없을 거야.

더 이상 그런 일은 없을 거야.
내가 늙었을 때 난 들판으로 나가야지.
어디로 가는지도 모르면서 여기저기 돌아다닐 거야.
물가의 강아지풀도 건드려 보고
납작한 돌로 물수제비도 떠 봐야지,
소금쟁이들을 놀래키면서,

해질 무렵에는 서쪽으로 갈 거야,
노을이 내 딱딱해진 가슴을
수천 개의 반짝이는 조각들로 만드는 걸 느끼면서,
넘어지기도 하고
제비꽃들과 함께 웃기도 할 거야.
그리고 귀 기울여 듣는 산들에게
노래를 들려 줄 거야.

하지만 지금부터 조금씩 연습해야 할지도 몰라,
나를 아는 사람들이 놀라지 않도록,
내가 늙어서 넥타이를 벗어던졌을 때 말이야.

드류 레더

내 뼈는

내 뼈는 고통받기 위해 만들어졌고
내 이마는 상념을 위해 만들어졌네.
파도가 백사장에 밀려오고 밀려가듯
고통이 밀려가고 상념이 밀려오고

파도가 백사장에 밀려오고 밀려가듯
둥글고 가엾고 슬프고 까만
프라이팬의 어두운 밤 사이로
그렇게 인생 역정 속에 떠도네

아무도 이 표류에서 나를 구하지 못하네.
내가 붙들려는 나무 조각, 바로 그대의 사랑이 아니면,
내가 구하려는 극점極點, 바로 그대의 목소리가 아니
면,

그래 그대에게 조차 안식을 찾지 못하리라는
불길한 예감일랑 벗어던지고
나는 웃으며 괴로움 사이를 헤쳐나가네.

미 겔 에르난데스

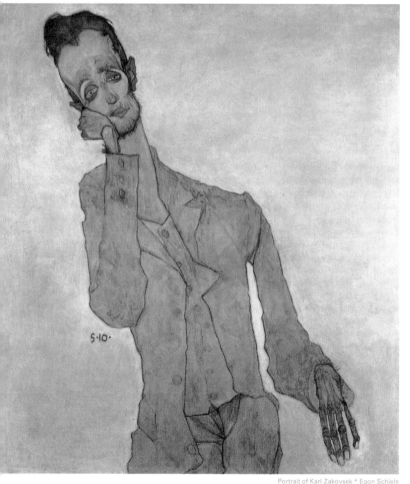

5·10·

Portrait of Karl Zakovsek * Egon Schiele

나는 게으른 사람을 본 적이 없네.

나는 게으른 사람을 본 적이 없네.
내가 지켜볼 동안엔
한 번도 뛰지 않는 사람은 보았네.
점심과 저녁 사이에 가끔 잠도 자고,
또 비 오는 날이면 집에 있던
사람은 보았으나 그는
게으른 사람이 아니야.
나더러 엉뚱하다하기 전에 한번 생각해볼래.
그가 정말 게으른 사람인지, 아니면 그저
우리가 게으르다고 이름붙인 일들을 했을 뿐인지.

바보 같은 아이는 본 적이 없어.
가끔 내가 이해 못하는 일이나
예상 못한 방식으로 한 아이는 보았어.
또 내가 가본 곳에 못간 아이를 본 적도 있어.
하지만 바보 같은 아이는 아니었지.
바보라고 부르기 전에 생각해볼래요?
바보 같은지 아니면
당신과는 다른 것들을 알 뿐인지.

아무리 열심히 둘러봐도

요리사를 본 적이 없어.

먹는 음식의 재료를 섞는 사람은 보았어.

불을 지피고 음식이 익어가는 것을

지켜보는 사람은 보았지요.

내가 본 건 요리사가 아니라 그런 일들 하는 사람이었

어요.

내게 말해줄래요?

당신이 보는 사람이 요리사인지, 아니면

요리라 부르는 일을 하는 사람인지.

누군가는 게으르다고 하는 것을,

누군가는 지친 거라거나 태평한 거라고 하지요.

누군가는 바보 같다고 하지만,

누군가는 그저 다른 걸 알 뿐이라고.

그래서 나는 깨달았네.

눈에 보이는 것과

우리의 굳은 생각을 섞지 않으면

이런 모든 혼란은 없을 거라고.

당신도 그리 생각하겠지만, 나도 말하고 싶네.

나도 안다고, 이것도 단지 내 견해일 뿐임을

루스 베버마이어

배우면 배울수록

더 많은 빛이

비치리라

그대의 삶은 그대의 것

웃는 마음

그대의 삶은 그대의 것
두들겨 맞고 굴종의 시궁창에
처박히게 하지 마라
잘 살펴보라
빠져나갈 길이 있다
어딘가에 빛이 있다
대단한 빛은 아닐지 모르되
그 빛은
어둠을 밝힌다
잘 살펴보라
신들은 그대에게
기회를 줄 것이다
알아서 붙잡으라
그대는 죽음을 이길 수 없으되
때로
삶 가운데 있는
죽음을 이길 수 있다
또한 그 방법을
배우면 배울수록
더 많은 빛이
비치리라

그대의 삶은 그대의 것
살아있을 때
그것을 알라
그대는 놀랍다
구경하는 신들이 그댈 보고
즐거움을 느끼리라

찰스 부코스키

Home Again * Arthur John Elsley

이것이 진정한 성공이다

자주 그리고 많이 웃는 것
현명한 이에게 존경을 받고
아이들에게서 사랑을 받는 것
정직한 비평가의 찬사를 듣고
친구의 배반을 참아내는 것
아름다움을 식별할 줄 알며
다른 사람에게서 최선의 것을 발견하는 것
건강한 아이를 낳든
한 떼기의 정원을 가꾸든
사회 환경을 개선하든
자기가 태어나기 전보다
세상을 조금이라도 살기 좋은 곳으로
만들어 놓고 떠나는 것
자신이 한때 이곳에 살았음으로 해서
단 한 사람의 인생이라도 행복해지는 것
이것이 진정한 성공이다.

랄프 왈도 에머슨

겨울의 은총

다시 겨울의 은총을 배울 시간
어둑하고 편안한 구석 날카로와진 신경을 묻어두고
스스로 골 깊게 한 이마의 주름살이 부드러워지는 시간

이제, 인내의 끝에 서 있다면...
이번 겨울 우리 안의 무언가 죽어야 할 것을 예감한다.
이건, 그저 한 계절의 끝이 아니다

이제 우리는 가난해지고, 모두 포기해야 한다.
시들어버린 잎과 함께, 떨어져버린 꽃잎과 함께,
이제 죽어야한다, 단 한번 그리고 모두를 위해

깊고 고요하게 묻힌 믿음의 씨앗이 부드럽게
얼어붙은 의지의 껍질을 뚫고 나오려면
기쁨 잃은 것들이 깨어나 다시 기쁨을 살리려면

이 묻혀있던 사랑이 슬픔으로부터 뛰어올라
거기 따라오는 의심과 폭력과 연민도 함께
햇빛 가득한 아침 다시 돌아온 제비를 만나려면

메이 사튼

Man bending down Deeply * Egon Schiele

이곳에 숨어산 지 오래되었습니다

이 곳에 숨어산 지 오래되었습니다

병든 세계는 참으로 아름답습니다 황홀합니다

이름모를 꽃과 새를 나무와 숲들 병든 세계에 끌려 헤매다 보면

종종 세상의 시험에 실패하고 이곳에 들어오는 사람이 있습니다

몇 번씩 세상에 나아가 실패하고 약을 먹는 사람도 보았습니다

가끔씩 사람들이 그리우면 당신들의 세상 가까이 내려갔다 돌아오기도 한답니다

지난번 보내 주신 약꾸러미 신문 한다발 잘 받아보았습니다

앞으로는 소식 주지 마십시오

병이 깊을대로 깊어 이제 이제 약 없이도 살 수 있을 거 같습니다

이렇게 병든 세계를 헤매다 보면

어느덧 사람들 속에 가 있게 될 것이니까요

송찬호

우리 선조들의 짧은 인생

서른까지 사는 사람은 많지 않았다.
오래 사는 것은
돌과 나무의 특권이었다.
어린 시절은
늑대의 어린 시절 정도의
길이밖에 되지 않았다.
사는 동안
무언가 해보려고 한다면
서둘러야 했다.
해가 지기 전에,
첫눈이 내리기 전에,

어린 아이를 낳은
13세의 어머니들,
골풀에 있는
새 집을 찾는
4년생 사냥개,
사냥꾼들을 이끄는
스무 살의 안내자
그들을 없었고,
이제도 없다.

끝이 없음의 끝은
쉽게 끝난다…

하지만 그들은
나이를 세지 않았다.
그들은 그물들,
그릇들, 오두막집들,
도끼들을 세었다.
하늘의 별들을 위해서는
무진장한 시간은
별들에게 거의 빈 손을 내밀었다가
바로 거두었다.그것이 자신에게
유감스러운 듯이,
한 발자국,
다시 두 발자국
어둠 속에서 흘러나오고
어둠 속에서 사라지는
반짝이는 강을 따라서,

잃어버릴 순간도 없었다.
미루거나 때 늦게 할

Woodcutter * Ferdinand Hodler

질문도 없었다.
얼마나 많은 질문들이
남지 않는가는
곧 알게 된다.
현명함은
머리가 희게 될 때까지
기다릴 수 없었다.
뚜렷하게 보아야 했다.
밝음이 오기 전에,
울리기 전에
모든 소리를 들어야 했다.

선과 악
그것에 대해서
조금밖에 알지 못한다.
다 아는 것이 아니라

악이 승리할 때
선은 숨는다:
선이 나타날 때에는
악은 숨어서 기다린다.

어느 것도 다른 것을
억압할 수는 없다.
영원히 돌아올 수 없는
먼 곳으로 서로 밀어낼 수도 없다.
그러기에
기쁨이 있어도
불안이 있고
절망속에서
늘 고요한 희망은
있는 것이다
삶은 길어도
늘 짧은 것이다.
새로이 무언가 하기에는
너무나 짧다.

비스와바 쉼보르스카

세상사

많이 가진 자는 금방 또
더 많이 갖게 될 것이고
조금밖에 가진 것이 없는 자는
그것마저 빼앗길 것이다

땡전 한 닢 없이 당신이 빈털털이라면
아, 그때는 무덤이나 파는 수밖에
이 세상에서 살 권리가 있는 자는
뭔가 가지고 있는 놈들뿐이니까

하인리히 하이네

N. K. Pimonenko, Easter orthros in Little Russia (waiting for blessing paska) * Mykola Pymonenko

마음 여리디 여린 사람들이
세상을 바꾸는 진정한 강자들이다

모름지기

강한 자가 약해져서
세상이 바뀌는 게 아니다
약한 자가 강해져야
세상이 바뀐다
군사정권 말기에
감옥 갔다 온 후배가 말했다

강자에게 약한 자들은
나쁜 자들이다
강자에게 강한 사람이
좋은 사람이다
유학 다녀온 선배가 말했다

강한 자에게 강하고
약한 자에게는 약한 자
그런 강자는 마음이 여리다
모름지기 강자는 마음이 여려서
자기 자신을 배신하지 못한다
일찍이 니체가 말했듯이
강자는 오직 자기 자신에게 복종한다

자기 자신에게 복종하는 자가
강하면서도 자유로운 사람이다
강하면서 자유롭지 않다면
강하고 자유로우면서도
마음이 여리지 않다면 그 사람은
뭔가 크게 잘못된 사람이다

마음 여린 좋은 자들이
강해진다 강해지며 손을 잡는다
스스로 강해지며 자유로워지는
마음 여리디 여린 사람들이
세상을 바꾸는 진정한 강자들이다

이 문 재

창가의 소년

소년은 저물녘 추위 속에 홀로 선
눈사람 바라보며 가슴이 미어진다
모진 아픔 지독한 신음의 밤 준비하는
바람 소리 들으며 소년은 눈물짓는다
눈물 어린 그의 눈에는 보이지 않는다
해쓱한 얼굴 숯덩이 눈을 가진 형상이
쫓겨난 아담이 낙원을 돌아보며 던진
신에게서 버림받은 눈길 그에게 보내는 곳을
눈으로 된 사람은 그러나 불만이 없다
집안에 들어가 죽고 싶은 마음이 없다
허나 우는 소년을 보니 가슴이 뭉클해진다
자신의 몸 비록 물이 얼어 되었지만
그 몸 녹아 부드러운 한 눈에서
지순한 빗물 눈물 한 방울이 뚝 떨어진다
넘치는 따뜻함, 빛, 사랑, 그리고 큰 두려움에 싸여
불빛 환한 창가에 서 있는 소년을 위해

리처드 윌버

The Milk Pot * Marianne Stokes

아이들 마차

오후 내내 나는 아이들로 가득찬 마차를
풀밭 위로 이리 저리 끌고 다녔다,
우리 곁에서 피어 오르는 모든 것을 이리저리 가로질
러서,
이제 나는 행복하고 피곤하다.
이 세계는 얼마나 아름다울 수 있는가. 나비들,
나무들, 양귀비꽃, 그리고 나의 아이들 마차!
그러나 내가 직업상 매일 마차를 끌어야한다면,
아이들이 어느 백작의 자식들이고
또 내가 백작의 마차 시종이면 나는 생각하리.
이 백정놈아,
약탈자야, 개같은 놈아,살인자야, 흑사병에나 걸리거
라,
네 자식놈들이나
나보고 태우고 다니라 시키다니!
그렇게 되면 나는 꽃도,
나비도, 나무도 보지 않을 것이며,
내 마음 속에는 내 뒤 마차에 탄 아이들을 향한
증오심만 커져가리라.
하지만 이 미성숙아들이 무얼 할 수 있으며
그리고 나 불쌍한 놈도 아이들을 향해 불타는

증오심을 만족시킬 아무 것도 할 수 없으리.
우리 불쌍한 사람들, 미성숙한 사람들 모두
아무 것도 할 수 없으리.
백작들이 주인이었을 때는 사실이 그랬고
백작들이 다시 돌아온다면,
또 그렇게 될 것이다.
하지만 그들은 돌아올 수 없다, 그 장애물을
넘을 수 없다,
그들과 내 즐거운 아이들 마차 사이에 있는
그 높은 장애물을.

프란츠 퓌만

함께 사는 단순한 기술

우리의 기술문명은 새처럼 하늘을 날고
물고기처럼 물속을 헤엄쳐 나갈 수 있습니다.
그러나 아직도 우리가 배우고 익힐 것은
형제자매처럼 함께 살아가는 단순한 기술입니다.

마틴 루터 킹

포기하지 말아요

때때로 그렇듯 일이 잘못될 때,
앞에 언덕길이 계속 되는 것 같을 때,
주머니 사정이 나쁘고 빚이 불어날 때,
웃고 싶지만 한숨만 나올 때,
근심이 마음을 짓누를 때,
쉬어야겠다면 쉬세요
하지만 포기하지는 말아요.

때때로 그렇듯 인생이 풍파로 얼룩질 때,
실패에 실패만 이어질 때,
잘 될 수도 있었을텐데 그러지 못했을 때,
걸음을 늦추더라도 포기하지는 말아요.
한 번만 더 해보면 성공할지 모르니까요.

힘들어 머뭇거려진다면 기억하세요.
목표가 보기보다 가까이 있는 때도 많다는 것을.
승자가 될 수 있었는데 노력하다 포기하는 경우도 많
지요.
금관이 바로 저기 있다는 것을
너무 늦게 깨달았죠.
이미 슬그머니 밤이 온 후에야.

성공은 실패를 뒤집어놓은 것.
당신은 성공에 가까이 다가왔지요.
멀리 있는 듯 보이지만 성공은 가까이 있을지 몰라요.
그러니 너무 힘들 때도 끈질기게 싸워요.
최악으로 보이는 상황이야말로
포기하면 안되는 때니까요.

클린턴 하웰

Girl near the Leie * Emile Claus

나는 자살하지 않았다. 1

서른 번째 생일 날에 나는 자살하지 않았다
마흔번째 생일 날에 나는 자살하지 않았다
개구리가 섹스피어를 이해할 수 없듯이
네가 나를 이해 못하고
내가 너를 이해할 수 없어도
우리라는 구름울타리가 있어 자살하지 않았다

사람처럼 키스하는 산비둘기보며
인생이 신기하고 궁금해서 자살하지 않았다
커피향과 따순 밥이 너무나 맛있어 자살하지 않았고
꽃과 나비와 해와 바람을 선물받고
세상에 진 빚을 갚지 못해 나는 자살하지 않았다

자식을 키워야 해서 자살하지 않았고
쓸쓸한 나와 같은 너를 찾아
슬픔에 목메이며
슬픔의 끝장을 보려고
나는 자살하지 않았다

신현림

마지막 나무가 사라진 뒤에야

마지막 나무가 사라지고 난 뒤에야
마지막 강물이 더럽혀진 뒤에야
마지막 물고기가 잡힌 뒤에야
비로소 그대들은 깨닫게 되리라.
사람이 돈을 먹고 살 수 없다는 것을

크리족 인디언

감꽃

어릴 적엔 떨어지는 감꽃을 셌지
전쟁통엔 죽은 병사들의 머리를 세고
지금은 엄지에 침 발라 돈을 세지
그런데 먼 훗날엔 무엇을 셀까 몰라.

김준태

물고기에게 배우다

개울가에서 아픈 몸 데리고 있다가
무심히 보는 물속
살아온 울타리에 익숙한지
물고기들은 돌덩이에 부딪히는 불상사 한번 없이
제 길을 간다
멈춰 서서 구경도 하고
눈치 보지 않고 입 벌려 배를 채우기도 하고
유유히 간다
길은 어디에도 없는데
쉬지 않고 길을 내고
낸 길은 또 미련을 두지 않고 지운다
즐기면서 길을 내고 낸 길을 버리는 물고기들에게
나는 배운다
약한 자의 발자국을 믿는다면서
슬픈 그림자를 자꾸 눕히지 않는가
물고기들이 무수히 지나갔지만
발자국 하나 남지 않은 저 무한한 광장에
나는 들어선다

맹문재

Ferdinand Hodler * Blick ins Unendliche III

흑인, 강을 말하다

흑인, 강을 말하다

나는 강을 안다
세계의 역사만큼 오래되고, 인류의 혈관 속에서 흐르
는 피보다 더 오래된 강을 안다

내 영혼은 그 강처럼 깊어졌다

나는 이른 새벽 유프라테스강에서 몸을 씻었다
나는 콩고강 곁에 오두막을 짓고 강물의 자장가에 잠
이 들었다
나는 나일강을 보며 그 위에 피라미드를 세웠다
나는 링컨이 뉴올리언즈에 갔을 때 미시시피강이 노래
하는 소리를 들었고 그 진흙 가슴이 해질녘에 온통 금빛
으로 물드는 것을 보았다

나는 강을 안다
오래된 검은 강을

나의 영혼은 그 강처럼 깊어졌다

랭스턴 휴즈

여름의 오후

가위소리 짤깍짤깍,
잔디를 다듬던 누이가
일손을 멈춘다. 뒷모습으로도
하품하는 것을 알 수 있다.

라디오 소리는 꿈틀꿈틀,
창가에는 벌들이 윙윙,
산들산들 춤추는 바람은 빙빙
푹신한 잔디를 돌아다닌다.

더운 웅덩이, 시간이
허무의 놀이를 하다 멈춘 듯하여도
여전히 흘러가는 것은 꽃잎이 지기 때문이리.

또한 알 수 없음은, 내가 잠들었는지
글을 쓰고 있는지, 둘 다 인지라.
아내가 흰 천으로
식탁을 덮으니

여기는 하늘마저 아마포의
눈부신 흰빛으로 넘치고

의자 위의 유리그릇은
산딸기의 빛으로 반짝인다.

나는 행복하다. 임은
내 곁에서 바느질하고
우리는 함께 멀어져가는 화물선의
경적소리를 가만히 듣는다

아틸라 요제프

Les Quatre Saisons, l'Eté, les Faucheurs * Henri Martin

잠시 연장을 내려놓게,
고목 아래 서로 따뜻하게 엉겨
별무리의 달콤한 우유를 먹고,
따뜻한 선물을 가지고 올 때쯤이면

일하는 이여

잠시 연장을 내려놓게, 자네의 가슴을
쇠처럼 완고한 친구들과 함께 풀어놓게,
이제 기억에서 희미해진 형제들,
고목의 뿌리를 감싸고 있는 형제들,
그들에 대하여 할 말이 많다네.
고목 아래 서로 따뜻하게 엉겨
별무리의 달콤한 우유를 먹고,
위로의 노래를 부르기 원하는 뱀들의 그림자는
겁많은 아이들의 꿈에서 스르르 미끄러져 가지만
하늘의 젖소가 풍성하고
따뜻한 선물을 가지고 올 때쯤이면
새파래졌다 곧 희미해진다네.

내가 새를 가져왔네, 자네가 원한 것이지,
솔직히 말하고 싶네, 자네가 원하는 바이니까—
나의 손길이 간 모든 것은
이제 자네의 손 안에 있네.
그들이 자네에게 말하지 않고
숨긴 것을 이제 내가 말해주겠네.

아틸라 요제프

개불알꽃

이제 늙으신 어머니만
홀로 지키는 고향 집 대문과
바람 찬 세상으로 나가는 길 사이

마른 개골창에 바짝 붙어 피어나던,

그러나 무려 오십 년이 넘도록
더 크고,
더 높고,
더 예쁜 것들만
헐레벌떡 뒤쫓아 다니다가

정작 눈길 한 번 주지 못한 채

가장 먼 길을 돌아오고서야
그것도 남의 입을 빌려서야
겨우 그 이름만 알아낸,

그러나 정작
나의 가장 가까이서
나의 귀향을 반겨주던

개불알꽃

임동확

이마

타인의 손에 이마를 맡기고 있을 때
나는 조금 선량해지는 것 같아
너의 양쪽 손으로 이어진
이마와 이마의 아득한 뒤편을
나는 눈을 감고 걸어가보았다

이마의 크기가
손바닥의 크기와 비슷한 이유를
알 것 같았다

가난한 나의 이마가 부끄러워
뺨대신 이마를 가리고 웃곤했는데

세밑의 흰 밤이었다
어둡게 앓다가 문득 일어나
벙어리처럼 울었다

허은실

Schieles Frau mit ihrem Neffen * Egon Schiele

사랑의 인사

　겨울이 올 때까지 땅의 온기를 느끼며 엎드려 있었다 따뜻한 아랫배를 가지면 뭔가 좋은 일이 일어날 것 같은 예감, 따가운 모래를 걷어내면 가보지 못한 나라의 일몰을 배경으로 한없이 걸어가는 친구들이 떠올랐다 죽은 매미의 날개를 떼며 주문을 외웠고 솎아내도 올라오던 여린 상추처럼 뿌리내리고 싶었다 편도나무 종려나무 유칼립투스, 톡톡 알은 체를 하던 뚱보 여자애에게 지리부도를 넣어주고 꿈을 팔았지만 여자애는 침을 흘리며 먹던 빵을 건네줄 뿐, 모래와 진흙이 뒤섞여 흘러갔다 억새가 모두 파묻힐 때까지 새들이 낯선 땅 위를 두리번거릴 때까지, 바람은 천천히 굴뚝 환기 날개를 돌리기 시작했다 나란히 세워둔 흙인형이 쓰러지고 켄트지 위에 말라가는 수채물감처럼 나는 조금씩 살이 터갔다.

박상수

사랑하는 사람들은

마음 속 깊이

서로를 믿는다.

우리 둘이는

우리 둘이는 서로 손을 맞잡고
어디서나 마음 속 깊이 서로를 믿는다.
아늑한 나무 아래 어두운 하늘 아래
모든 지붕 아래 난롯가에서,
태양이 내리 쬐는 빈 거리에서,
민중의 망막한 눈동자 속에서,
현명한 사람이나 어리석은 사람들 곁에서라도
어린 아이들이나 어른들 틈에서라도
사랑은 아무 것도 감추지 않고
우리들은 그것의 확실한 증거이다.
사랑하는 사람들은 마음 속 깊이 서로를 믿는다.

폴 엘뤼아르

당신이 아니더면

당신이 아니더면 포시럽고 매끄럽던 얼굴에
왜 주름살이 접혀요.
당신이 기릅지만 않다면,
언까지라도 나는 늙지 아니할테여요.
맨 처음에 당신에게 안기던
그때대로 있을 테여요.

그러나 늙고 병들고 죽기까지라도,
당신때문이라면 나는 싫지 않아요.
나에게 생명을 주든지 죽음을 주든지
당신의 뜻대로만 하셔요.
나는 곧 당신이어요.

한용운

너를 위해 내 사랑아

나는 새시장市場에 가보았네
　그래 나는 새를 샀네
　　너를 위해
　　내 사랑아
나는 꽃 시장에 가보았네
　그래 나는 꽃을 샀네
　　너를 위해
　　내 사랑아
나는 고물상에 가보았네
　그래 나는 쇠사슬을 샀네
　　무거운 쇠사슬을
　　너를 위해
　　내 사랑아
그리고 나는 노예시장에 가보았네
　그래 나는 너를 찾아 헤맸지만
　　너를 찾지 못했네
　　내 사랑아

자크 프레베르

The Promise * Henry Scott Tuke

얼마나 멋진 세상인가!
얼마나 맛이 산뜻한 파슬리인가!
얼마나 상쾌하게 미끄러지는 배인가!
그래도 나도 아마 토파즈가 될 것이다!
우리 둘은 하나 되어 종을 울릴 것이다.

대지의 한 가운데에서

대지의 한 가운데에서 그대를 찾아내기 위해
나는 에메랄드를 밀어낼 것이다.
그리고 그대는 편지를 쓰고 볼펜으로
이삭을 그리고 있을 것이다.

얼마나 멋진 세상인가!
얼마나 맛이 산뜻한 파슬리인가!
얼마나 상쾌하게 미끄러지는 배인가!
그래도 나도 아마 토파즈가 될 것이다!
우리 둘은 하나 되어 종을 울릴 것이다.

벌써 있는 것은 자유로운 공기뿐,
사과는 바람이 가져갔고,
정자에는 훌륭한 책이 있고,

그리고 카네이션이 숨쉬는 그곳에
우리들은 옷을 벗어둘 것이다.
승리의 영원한 입맞춤이 몸부림치는 옷을.

파블로 네루다

4월에는

퇴폐적인 노을이 진다
쉐도우 복싱은 단조롭고
우리는 광기를 억누르느라
젊음을 소비한다
여전히 시가 두려워
나의 표정을 고른다
얼굴이 하늘에 진다
새떼가 구겨진 지폐처럼 진다
관념적 사랑밖에 모르던 나는
당신에게 미안하다
더러운 노을이 진다
바다 속에서 벚꽃이 진다
당신은 그림자가 착한 사람
우리들 기억은 가짜
사랑이 진다

김사람

굿바이

한해 전에 본 네 눈썹
긴 속눈썹이 있던 네 눈
그것은 조금도 변함이 없고
한층 나는 더 좋아하게 되었다
그래서 지금 나는 너와 헤어지려는 것이다

그 눈이 증오로 불타던 날이나
그 눈썹이 조금이라도 내게 찡그린 날이나
그 입술이 쓰디쓴 말을 내뱉던 날을
내 거만한 마음은 참을 수 없기에

내 마음이 변했다고는 생각지 말아라
나는 그날 마음으로 네게 영원을 맹세하였고
지금도 변심한다는 건 생각조차 않는다
그러나 너는? 네 사랑에 대해선 자신이 없다
나는 이처럼 보기 흉하고
모든 일에 거칠고 주책없으니
네가 지금 나를 좋아한다는 게 이상스럽다
언젠가 나는 버림받는다, 틀림없이 버림당한다
나는 이런 상상을 견딜 수 없어 지금 이별을 고한다

다나카 가쯔미

데칼코마니

네 감은 눈 위에 꽃잎이 내려앉으면
네 눈 속에 꽃이 피어난다.

네 감은 눈 위에 햇살이 내리면
네 눈 속에 단풍나무 푸른 잎사귀들이 살랑거린다.

네 감은 눈 위에 나비가 앉으면
네 눈동자는 꽃술이 되어 환하게 빛나고 있을까.

먼 항해에서 돌아온 배의 노처럼
네 긴 속눈썹은 가지런히 쉬고 있다…

신철규

Le billet doux * Edmund Blair Leighton

행복

사랑하는 것은
사랑받느니보다 행복하나니라.

오늘도 나는
에머랄드빛 하늘이 환히 내다뵈는
우체국 창문 앞에 와서 너에게 편지를 쓴다.

행길을 향한 문으로 숫한 사람들이
제각기 한가지씩 생각에 족한 얼굴로 와선
총총히 우표를 사고 전봇지를 받고
먼 고향으로 또는 그리운 사람께로
슬프고 즐겁고 다정한 사연들은 보내나니.

세상의 고달픈 바람결에 시달리고 나부끼어
더욱 더 의지삼고 피어 헝클어진 인정의 꽃밭에서
너와 나의 애틋한 연분도
한방울 연연한 진홍빛 양귀비꽃인지도 모른다.

사랑하는 것은
사랑을 받느니보다 행복하나니라.
오늘도 나는 너에게 편지를 쓰나니,

그리운 이여, 그러면 안녕!
설령 이것이 이 세상 마지막 인사가 될지라도
사랑하였으므로 나는 진정 행복하였네라.

유치환

왕십리

비가 온다
오누나
오는 비는
올지라도 한 닷새 왔으면 좋지.

여드레 스무날엔
온다고 하고
초하루 삭망朔望이면 간다고 했지.
가도 가도 왕십리往十里 비가 오네.

웬걸, 저 새야
울려거든
왕십리 건너가서 울어나 다고,
비 맞아 나른해서 벌새가 운다.

천안天安에 삼거리 실버들도
촉촉히 젖어서 늘어졌다데.
비가 와도 한 닷새 왔으면 좋지.
구름도 산마루에 걸려서 운다.

김소월

화엄사 북소리

겨울 지붕을 둥둥
두드리며 저녁 산속으로 올라가고 있었다.

나무가 되고, 어둠이 되고, 짐승이 되자고 올라가고 있
었다.
산바람을 맨살로 올라가고 있었다. 산기슭을 언 발로
올라가고 있었다. 세월도 눈물도 잊자고 잊자고 올라가
고 있었다.

홍용희

동해바다

꽃 한 송이 던져주지 못한 바다다
사노라고, 이리저리 부대껴 다니노라고
꽃커녕 웃음 한 틈 던져주지 못한 바다다
어머니의 뼈를 뿌린 바다다

윤후명

Grand Muveran * Ferdinand Hodler

조국이 보인다

산 속에서는 보이지 않았지만
꼭대기 오르면
활짝 개인 날에는 제주도가 보였다
규슈九洲를 잇는 산 중의 하나인
덴잔天山에서는
조선이 보였다

손가락을 둥굴게 해 어렸을 때는
어이 어이
그대가 네 조국인가
그림에서 밖에 만날 수 없는 조국
둥근 손가락 속의 조선
어이 어이
어이 외치며 지냈다

그 산과
멀리 떨어진 오사카大阪에 살고 있는 지금도
손가락을 둥굴게 해
나는 외친다
어이 어이
어이

종추월

조 국

　나는 조국을 사랑한다. 그러나 나는 이상한 사랑으로
조국을 사랑한다.
　나의 이성도 그 이상한 사랑을 압도하지 못한다.
　피로 그 대가를 치른 명성도,
　아득히 먼 옛날의 신성한 전설들도
　내 안에 있는 위로가 되는 상상을 흔들지 못한다.

　나 스스로도 무슨 이유때문인지는 모르지만, 아무튼
나는 사랑한다.
　조국 들판의 차가운 침묵도,
　조국의 가없는 숲의 흔들림도,
　바다를 닮은 조국 강들의 범람도 나는 사랑한다.
　내가 좋아하는 것은 짐마차를 타고 시골 길을 따라 달
리는 것,
　느긋한 눈길로 밤의 어둠을 가르며 하룻밤 묵을 곳에
대해 동경하면서 각 지역을 따라다니며 슬픈 시골 마을
들의 흔들리는 불빛 만나는 것.

　나는 사랑한다, 수확을 다 끝낸 후의 밭에 질러 놓은 불
의 연기를
　초원에서 밤을 지새우고 있는 짐마차를,

언덕 위에 노란 색 버드나무 사이에 서 있는
하얀 빛을 띤 자작나무 한 쌍을.
많은 사람들이 잘 알지 못하는 기쁨을 가지고
나는 가득 찬 곡식창고를 본다.
짚으로 지붕을 이고 격자무의가 있는 덧창문의
시골 농가를 기쁜 마음으로 보고 있다.
술에 취한 농군들의 시끌벅적한 말소리 속에서
나는 밤늦도록 춤사위를 볼 준비가 되어 있다.
축제일에 이슬 내린 저녁때
먹구름과 휘파람 소리가 흐르는 그런 춤사위.

미하일 레르몬토프

The Bathers * Henry Scott Tuke

여행

어느 날 당신은
무엇을 해야할지 깨달았고
마침내 그것을 시작했다.
당신을 둘러싸고 있던 목소리들은
불길한 충고를 하고
온 집안이 들썩이고
오랜 습관이 발목을 잡고
목소리들이 저마다 인생을 책임지라고 소리쳤지만
당신은 멈추지 않았다.

거센 바람이 주춧돌을 흔들고
그들의 슬픔은 너무 깊었지만
당신은 무엇을 해야할지 알았다.

메리 올리버

지금은 지나가는 중

모든 것이 지나가고 있는 것들이다
비가 내리는 것 아니라 지나간다
불이 켜지는 것 아니라 지나간다
마음도 바뀌는 것 아니라 지나간다
우선멈춤 서있는 전봇대
어둠 속에서 껴안고 있는
너의 알몸도 지나가는 것이다
지하철이 지나갈 때마다
건너편 서있던 당신이 사라진 것처럼
어디론가 지나간 것이다
우리가 언제 어디서 만났을까 아뜩하다
한 때 내 몸을 흠뻑 적셨던 소나기들
눈이 너무 부셔
눈물마저도 은빛지느러미처럼
아름다웠던 날들 속으로
눈먼 사랑이, 모닥불이 지나간다
공중에서 일가를 이루던
나뭇잎들이여 먼지들이여
세월의 녹색 철문이 쿵! 하고 닫히는 순간
어느새 훌쩍 자란 침엽수처럼
보이지 않는다 잡히지 않는다

온 곳으로 돌아가는 길
이 세상에 지나가는 것들은 모두
그곳으로 가는 길
태양이 담벼락에 널려있던
저의 햇빛을 데려간 자리
여름의 목쉰 매미들이 돌아간 자리
그곳으로 가기 위해 태어나고 사랑한다
모두가 온 곳으로 돌아가기 위해
지금 모두 지나가는 중

권대웅

The Reader * Ferdinand Hodler

행복의 문을 여는 열쇠들

말을 많이 하면 반드시 필요 없는 말이 섞여 나온다.
원래 귀는 닫도록 만들어지지 않았지만
입은 언제나 닫을 수 있게 되어 있다

돈이 생기면 우선 책을 사라.
옷은 헤어지고, 가구는 부서지지만
책은 시간이 지나도 여전히 위대한 것들을 품고 있다.

행상의 물건을 살 때에는 값을 깎지 마라.
그 물건을 다 팔아도 수익금이 너무 적기 때문에
가능하면 부르는 그대로 주라.
대머리가 되는 것을 너무 두려워하지 마라.
사람들은 머리카락이 얼마나 많고 적은가보다는
그 머리 안에 무엇이 들었는가에 더 관심 있다.

광고를 다 믿지 마라.
울적하고 무기력해 있는 사람이
광고에 나오는 맥주 한 잔으로
금세 기분이 좋게 변할 수 있다면
이미 세상은 천국이 되었을 것이다.

잘 웃는 것을 연습하라.
세상에는 정답을 말하거나,
답변하기에 난처한 일이 많다.
그 때에는 허허 웃어 보라.
뜻밖에 문제가 풀리는 것을 보게 된다.

텔레비전에 너무 많은 시간을 빼앗기지 마라.
그것은 켜기는 쉬운데,
끌 때는 대단한 용기가 필요한 것이다.

아무리 여유가 있어도 낭비하는 것은 나쁘다.
돈을 많이 쓰는 것과
그것을 낭비하는 것과는 큰 차이가 있다.
불필요한 것에는 인색하고
꼭 써야 할 것에는 손이 큰 사람이 되라.

화내는 사람이 손해본다.
급하게 열내고 목소리를 높인 사람이
싸움에서 지며, 좌절에 빠지기 쉽다.

주먹을 불끈 쥐기보다는

두 손을 모으고 기도하는 자가 더 강하다.
주먹은 서로 상처 주고 아픔을 겪지만
기도는 모든 사람을 살리기 때문이다.

작자 미상

Le Pavillon * Henri Le Sidaner

저녁나절

반지하 창문 앞에는
늘 나무가 서 있었지
그런 집만 골라 이사를 다녔지
그 집들은
깜빡 불 켜놓고 나온 줄 몰랐던
저녁나절을 얼마나 많이 갖고 있었던가
산들바람이 부는 저녁에
집 앞에서
나는 얼마나 많이 서성댔던가
살구나무가 반지하 창문을
가리고 있던 집,
살구나무는
산들바람에
얼마나 많은 나뭇잎과 꽃잎들을 가지고 있는지
반지하 창문에서 흘러나오는 불빛에
떨어지기만 했지
슬픔도 환할 수 있다는 걸

불 켜진 저녁나절의 창문을 보면
아직도 불빛이 내 손끝에 가만히 저린다

박형준

한밤의 기타

나무는 살이 연하다
누군가의 이름이 새겨질 때에도
그 이름 때문에 사랑과
저주가 덧씌워질 때에도 나무는
앓고 앓으며 자라난다

밑동만 남긴 채 잘려져도
나무는 오래된 악기가 되어
슬픔의 숲을 이루고
들짐승을 부른다

나무는 음이 연하다
에덴에서도 그랬다

저보다 살이 연한
사람들이 숨어들 수 있도록
매순간 거리를 향해 몸을 휘면서
어둠 속에 담아둔 노래들을
사람보다 오래 옮기고

오래 그리워한다

기 혁

슬픔

검은 고양이가 검은 우산을 쓰고 오듯이
이 계절의 비가 내렸다

젖은 옷과 젖은 옷 사이
라일락 냄새가 풍겼다

잃어버린 지갑을 또 잃어버린 것처럼
마음을 너무 먼 곳에 두고 살았다

최호일

역설적인 계명들

사람은 종종 비논리적이고, 비이성적이고, 자기중심적이다.
그래도 그들을 용서하라.

친절을 베풀면 사람들은 당신에게 뭔가 이기적인 의도가 있다고 비난할 것이다.
그래도 베풀라.

성공하면, 가짜 친구 몇 명과 진짜 적 몇 명이 생길 것이다.
그래도 성공하라.

오늘 하는 좋은 일이 내일이면 잊혀질 것이다.
그래도 좋은 일을 하라.

정직하고 솔직하면 상처받기 쉽다.
그래도 정직하고 솔직하라.

가장 큰 생각을 갖고 있는 가장 큰 사람도 가장 작은 생각을 가진
가장 작은 사람 총에 맞아 쓰러질 수 있다.

그래도 크게 생각하라.

사람들은 약자들의 편을 들면서도 강자만을 따른다.
그래도 소수의 약자들을 위해 싸우라.

당신이 몇 년 걸려 세운 게 하룻밤 사이에 무너져내릴
수도 있다.
그래도 세우라.

도움이 절실한 이들을 돕고 나서 오히려 공격당할 수
도 있다.
그래도 도우라.

세상에 당신이 가진 최고의 것을 내줘도 면박만 당할
것이다.
그래도 최고의 것을 내줘라.

켄트 M. 키스

Jules Bastien-Lepage * At Harvest Time

쉬운 결정

저녁을 먹고
산책을 나갔지
날씨도 좋아
휘파람을 불면서

그렇게 좀 걷다가
당나귀를 타고 가는
남편과 부인을 봤어

그렇게 좀 걷다가
당나귀를 타고 가는
남편과 부인을 봤어
그 옆엔 자식들 일곱 명이
같이 뛰고 있지 뭐야

안녕 인사하고
가던 길을 가는데
또 다른
부부를 만난 거야
이번엔 자식들이 열아홉 명
모두

함박 웃고 있는 하마를
타고 있었어

전부 우리집에 초대해버렸지 뭐

케네스 패천

그대 불면의 눈꺼풀이여

530리 섬진강도 유장하게 흐르다
굽이굽이 저 홀로 몸서리치고
살아 천년 죽어 천년 지리산 주목
고사목들도 으라차차 달빛 기지개를 켠다

그대 불면의 눈꺼풀이여
서러워 서럽다고 파르르 떨지 말아라
외로워 외롭다고 너무 오래 짓무르지는 말아라
섬이 섬인 것은 끝끝내 섬이기 때문

여수 백야리 등대도 잠들지 못해 등대가 되었다

이원규

오늘

악수를 한다
삶에 매듭이 또 한번 생겼다
마주보고 웃는다
들키지 말아야 할 일이 하나 생겼다
술잔을 기울인다
삼켜야 할 뜨거움이 하나 생겼다
당신과 헤어져 오는 저녁,
헛되고 헛된 일이 또 하나 생겼다
모든 날은 지나간다
그러나 언제나 다시 처음이다

김수영

오늘만큼은

오늘 만큼은 기분 좋게 살자.
남에게 상냥한 미소를 짓고,
예의바르게 행동하며,
아낌없이 남을 칭찬하자.

인생의 모든 문제는 한 번에 해결되지 않는다.
할우가 인생의 시작인 기분으로
계획하고 계획을 지키려 애써보자

조급함과 망설임이라는 두 마리 해충을 없애도록 애쓰고
인생에 대해 올바른 판단을 하게 애써보자

시 빌 . F . 패트리지

Boys Bathing * Henry Scott TuKe

나 이제 내가 되었어
여러 해, 여러 곳을 떠돌다
많은 시간이 걸렸지

나 이제 내가 되었어

나 이제 내가 되었어
여러 해, 여러 곳을 떠돌다
많은 시간이 걸렸지
이리저리 흔들리고 녹아 없어져
남들의 얼굴을 하고 있었어
가는 곳마다 시간이 지켜서 경고라도 하듯
미친 듯이 달렸지
서둘러, 그 전에 죽게 될지도 몰라.
(무얼 하기 전에? 아침이 오기 전에?
아니면 이 시를 끝맺기 전에?
성벽에 둘러싸인 도시에서
안전한 사랑을 나누기도 전에?)
나 이제 잠잠히 여기 서 있네
내 존재감을 느끼며
종이에 드리운 검은 그림자는 내 손 그림자
생각이 생각하는 자를 만들듯이
단어의 그림자가
종이에 무겁게 떨어지는 소리
지금 이 순간 모든 것이 녹아버려
소망에서 행동으로, 말에서 침묵으로 자릴 잡고
내 일, 내 사랑, 내 시간, 내 얼굴은

나무처럼 커가는 강한 몸짓으로 모아졌네
열매가 서서히 익어 떨어지고
언제나 우리의 양식이 되듯
열매는 떨어져도 뿌리까지 시들지 않듯
모든 시가 내 안에서 자라
노래가 되네
그렇게 사랑으로 일구고 사랑으로 뿌리내린 노래로
이제 여기에 시간이 있고 그 시간은 젊어
지금 이 순간
나 온전히 나 자신으로 살아가네
아무 흔들림 없이
무언가에 쫓기던 나, 미친 듯이 달리던 나
잠잠히 서 있네, 잠잠히 서 있어
태양도 멈추었지

메이 사튼

부귀영화를 가볍게 여기네

부귀영화를 난 가볍게 여기네.
사랑도 까짓것, 웃어넘기네.
명예욕도 아침이 오면
사라지는 한때의 꿈일 뿐이었다네.

내가 기도한다면,
내 입술 움직이는
단 한 가지 기도는
"제 마음 지금 그대로 두시고
저에게 자유를 주소서!"

그렇다, 화살같은 삶이 종말로 치달을 때
내가 바라는 것은 오직 하나.
삶에도 죽음에도 인내할 용기 있는
자유로운 영혼이 되기를.

에밀리 브론테

정

세상을 잃은 뒤에야
맑은 고깃국에 소금 녹듯
미래가 한 순간에 녹아버림을 느낀 후에야
참으로 정이 뭔지 알 수 있네
손에 쥔 것
소중히 조심조심 지켜온 것
모든 걸 잃고 나서야
정이 안보이는 풍경이
얼마나 쓸쓸한지 알 수 있어
달리고 또 달리는 버스 안
승객들이 옥수수와 치킨이나 뜯으며
영원히 창밖만 바라보고 있다면,
얼마나 오래 버스를 탈 수 있을까
하얀 판초를 입은 인디언이
죽은 채로 길가에 누워 있어
그곳으로 여행을 다녀온 뒤에야
정의 포근한 존재감을 알 수 있어.
그 모습이 네 것일 수도 있었음을.
그 역시 수많은 계획을 꿈꾸며
어두운 밤을 여행했고 살았을 때
누구나처럼 숨을 쉬었음을 알아야 해

슬픈 마음 깊어짐을 안 후
정 또한 가장 깊이 있음을 알 수 있어
네 목소리에 더 없이 슬픈 실타래가 느껴질 때까지
슬픔으로 짠 천의 크기가 보일 때까지
슬픔에게 말을 걸어야 하네

그럼 정만이 모든 것을 뜻깊게 하며
신발 끈을 묶고 밖에 나가게 하고
편지를 부치고 빵을 사게 하는 일도 정 뿐이며
사람들 속에서 고개를 들어 찾던 이가 바로 나라고
말하는 것도 정 뿐이며,
어딜 가든 그림자가 친구처럼
너를 따라다니는 것도 정 뿐이리

                              나오미 시합 나이

황금률

상류층의 사람들에게 당신이 대접받기를 원하는 만큼,
밑바닥에 있는 사람들을 대접하십시오.

웬델 베리

Preparing for the Festivities * Hans Zatzka

동화

옛날 날마다
내일은 오늘과 다르길
바라며 살아가는
한 아이가 있었습니다

글로리아 밴더빌트

달콤한 꿈

나는 소원이 한 가지 있습니다
(꿈이라고 해도 될만큼 꼭 이루고 싶은 거요)
여동생을 거의 죽기 일보 직전까지 놀래켜서
고래고래 소리지르게 만드는 거에요

그래서 나는 벌레 네 마리를 잡아
꾹꾹 눌러 죽인다음
여동생의 방으로 가지고 올라가
침대 속에 넣어두었지요.

동생에게 잘 자라고 인사를 하고 나니
심장이 쿵쿵 뛰기 시작했어요
동생의 비명소리를 기다리고 기다렸지만
동생은 소리 하나 나지 않았죠.

기다리다 지친 나는
결국 곯아 떨어졌어요
따뜻한 침대속으로 들어가 발을 뻗으려는데
앗 ― 뱀이다!

뱀이 꿈틀대자 나는 침대에서 굴러 떨어지고

엉덩이에는 새파란 멍이 들었답니다.
그때 나는 끔찍한 소리를 듣고야 말았지요 —
바로 동생의 웃음소리였어요.

조이스 아모

Expectations * Lawrence Alma Tadema

삶은 작은 것들로 이루어졌네

삶은 작은 것들로 이루어졌네
위대한 희생이나 의무가 아니라
미소와 위로의 말 한마디가
우리의 삶을 아름다움으로 채우네.
간간이 가슴앓이가 오고 가지만
그것은 다른 얼굴을 한 축복일 뿐
시간의 책장을 넘기면
위대한 놀라움을 보여주리

메리 R 하트만

눈감고 간다

태양을 사모하는 아이들아
별을 사랑하는 아이들아

밤이 어두웠는데
눈감고 가거라

가진 바 씨앗을
뿌리면서 가거라

발부리에 돌이 채이거든
감았던 눈을 와짝 떠라

윤동주

어느 값싼 즐거움

늦은 오후에
텅 빈 위를 안고
슈퍼마켓을 돌아다니기 —
먹는 일이 가장 먼저.

안그러면 너는 얼룩진 상자,
소시지, 작업 외투복의 냄새만 맡을 수 있어.
이제 입구에 들어서면, 너의 코에는
네덜란드 겨자와 사과냄새 솟아오르지.
멀리서 넌 녹색콩과 훈제 고기 냄새를 맡아,
크림소스 곁들인 파 데침 요리, 보통 땐 관심 없었는데,
눈앞에서 김을 모락모락 피워. 보통 땐 관심없었는데,
눈앞에서 김을 모락모락 피워, '랑겐베르크 처녀' 포도는
너의 미각을 흐리게 해. 간 만두 요리, 송로 크림의
통조림 앞에서 너의 혀는 더욱 축축해져.
'파티멩의 수도사'라는
카망베르 치즈는 너의 입안에
얼마나 부드럽게 달라붙을까!
돼지 등심살은 얼마나 찬란한 암홍빛을 띠고 있는가!
옥수수 통조림에 그려진 녹의의 거인은
진정한 친구라는 듯 휘황찬란하게 너를 바라봐.

아이티초크심장, 아스파라거스 샐러드 그리고 보르도 산의

맛있는 생선살 사이에서

너의 위는 기대에 부푼 듯 이리저리 날뛰지

비싼 비누와 로션을 사용해야

너는 다시 안정을 찾을 수 있고 눈감은 채,

은밀한 향기에 젖어들 수 있어. 너는 마치

어떤 소금물 안에 멍하니 앉아 있는 기분일 거야.

피부에 느껴지는 어느 여자의 부드러운 온기.

테이블 위에는 '프랑크 쿠퍼'의

오렌지 잼이 즐거운 듯 빛을 반사하고 있어.

세르비아 산 콩 수프는 너의 몸을 데우고

흙 고동색 감자 부대 근처에서

너는 안온함을 느끼곤 해.

인스턴트식품의 알록달록한 포장을 바라보며

마치 화폭에 취한 듯 서성거리고 있어.

그건 장인의 손에 의해 만들어진

'벨라 나폴리 피자'가 아닐까?

나지고렝 속의 대나무 순이

너의 뱃속 피부를 부드럽게 간질이지 않니?

투명한 유리병 속의 '탈리아텔레 베르테'는

얼마나 흥분한 채 빙빙 감겨 있는가!
이리와 너의 뜨거운 감정을 식혀 봐,
거무스레한 신 버찌 가게에서.

늦은 오후에
텅 빈 배를 안고
슈퍼마켓 돌아다니기.
떠나기 전에 너는
감자 가루 한 그릇과
페퍼민트 한 묶음 사고 있어
그건 입안을 시원하게 해줄 거야.

로만 리터

그해 긴 겨울

그해 긴 겨울
고속도록 옆 좁은
다락방 작은 창을
열고 그리운 나라로
가는 차들을 세며
희망과 절망을 세며
아버지의 청자담배를
참 많이 훔쳐 피웠다
아버지의 생애를 몰래
훔쳐 보았다

오인태

실패한다면, 넘어지면서도 싸우고,
무슨 일을 해도 포기하지 말렴.
한번 끝까지 해보렴.

L'Automne * Emile Friant

어떤 생

약관의 나이에 집을 나와 그 이후 육십팔년간
자기 집으로 돌아가지 못한 남자
아직도 그 집으로 돌아가기를
꿈속에서도 그리는 남자
율브린너 주연의 영화를 보고 돌아오는 길에도
등에 업힌 내게 젖은 목소리로
고향무정을 불러준 남자
비오는 날 우산을 들고
교문앞에서 나를 기다리다
엄마가 생각나 울던 남자,
한때는 내가 꿈의 전부였던 남자
나를 데리고 황해도재령군하성면대청리 93번지로 가
고 싶어 우는 남자
안개 자욱한 날엔 장수산의 인경소리가 들리는 남자

내 아비…

송 경 란

십 년 후의 아들에게

아들아
오늘 넌 넘어졌구나
괜찮아 누구나 넘어지곤 해

아들아
오늘 넌 화가 났구나
괜찮아 누구라도 그래

외롭고 힘든 시간을 이겨내면
너의 잎새는 더욱 푸르르고
너는 탄탄한 나무가 된다는 걸
더 지혜롭고 용감한 청년으로 꽃피게 될 거야
너의 너른 품새와 네게 열린 열매들이
세계의 그늘과 소외된 이웃들에게도
따스히 드리우길 엄마는 기도한다

지금의 네가, 미래의 너에게
얼마나 소중한지
엄마는 지금 이대로의 너를
가장 사랑하는
엄마는

김효은

끝까지 해보렴

네게 어려운 일이 생기면
마주 보고 당당하게 맞서렴…
실패할 수 있지만, 승리할 수도 있다.
한번 끝까지 해보렴!…
네가 근심거리로 가득 차 있을 때
희망조차 소용없게 보일지도 모른다.
하나 지금 네가 겪고 있는 일들은
다른 이들도 모두 겪은 일일 뿐임을 기억하렴.
실패한다면, 넘어지면서도 싸우고
무슨 일을 해도 포기하지 말고
마지막까지 눈을 똑바로 뜨고 머리를 쳐들고
한번 끝까지 해보렴.

에드거. A. 게스트

누구의 것도 아닌 이번 생이여

일기장은 타오르며, 저녁 어스름을 들려주던 황혼이 되어 사라진다. '누구의 것도 아닌 이번 생이여'라고, 라디오의 늙은 가수는 노래하며 흐느낀다. 렌트, 길의 저편에는 오래 전에 잊힌 기억들이 피어오르는구나. 당신의 전생을 기억하지 못한 채 길의 끝을 그저 가늠해볼 뿐이구나. 고요한 과거처럼 부풀어 오르는 한줌 태양을 향해, 언제나 내 것이었던 생을 향해 렌트

조동범

The Turner Banquet * Ferdinand Hodler

나는 배웠다
날마다 손을 내밀어 누군가와 닿아야야 함을
사람들은 따뜻한 포옹,
혹은 그저 다정히 등을 두드려 줌도
좋아한다는 것을

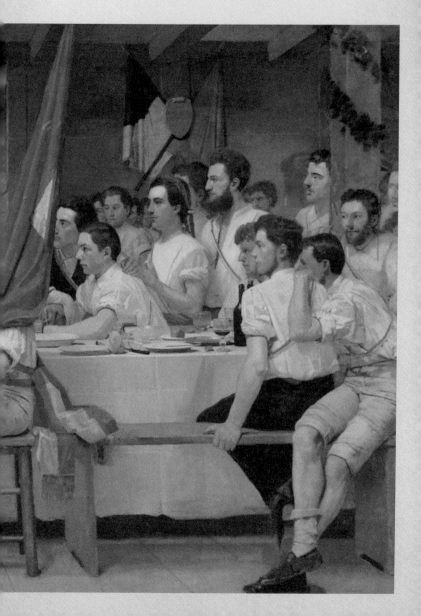

나는 배웠다

나는 배웠다
당신과 부모와의 사이가 어떻든
그들이 당신을 떠났을 때
그들을 그리워하리라는 것을

나는 배웠다
생계를 이어가는 것과
삶을 사는 것은 똑같지 않다는 것을

나는 배웠다
삶은 때로 두 번째 기회를 준다는 것을

나는 배웠다
양 손에 포수 글러브를 끼고 살아가선 안된단 것을
무언가를 다시 던져줄 수 있어야 한단 것을

나는 배웠다
내가 열린 마음으로 무언가를 결정할 때
대개 올바른 결정을 내린단 것을

나는 배웠다

나에게 괴로움이 필요할 때
내가 그 고통이 될 필요가 없음을

나는 배웠다
날마다 손을 내밀어 누군가와 닿아야야 함을
사람들은 따뜻한 포옹,
혹은 그저 다정히 등을 두드려 줌도
좋아한다는 것을

나는 배웠다
내가 여전히 배워야 할 게 많음을

나는 배웠다
당신이 한 말과 행동은 잊지만
당신이 사람들에게 어떻게 느끼게 했는지
결코 잊지 않는 것을

                              마야 안젤루

또 다른 하늘이 있어

언제나 고요하고 맑지,
 그리고 또 다른 햇빛이 있어,
 비록 그곳에서는 어둠일지라도 말야 —
 시든 숲은 걱정 말아, 오스틴,
 침묵하는 들판도 걱정 말아 —
 여기 자그마한 숲이 있어
 그 숲의 잎사귀는 늘 푸르르지 —
 여기 더 밝은 뜰이 있어 —
 그곳은 여느 때와 같은 서리는 없어 —
 시들지 않는 꽃들 속에서
 난 그 해맑은 벌이 콧노래 부르는 걸 듣지
 부디, 나의 남동생아,
 나의 뜰로 들어오거라!

에밀리 디킨슨

The prodigal son * Henri Martin

때가 왔네 때가 나의 벗이여

때가 왔네 때가 나의 벗이여! 이 마음 안식을 바라노니 ——
하루하루는 살같이 흘러가고 생명은 시각마다 조각조각
떨어져 가누나.
그러나 보라, 눈앞에는 벌써 죽음이 닥쳐오누나,
지상엔 행복은 없어도 쉬임과 자유는 있는 것,
나는 오래 전부터 히더운 운명을 꿈꾸어 왔노니
고달픈 종, 나는 일찍부터 생각했었네.
노동과 고요한 즐거움을 맛볼 먼 안식처로 도망 가리
라고.

알렉산드르 푸쉬킨

사랑만이 희망이다

힘겨운 세상일수록
사랑만이 희망일 때가 있다

새들은 하늘에 깊은 먹구름이 드리울수록
더욱 세찬 날갯짓을 한다
꽃은 날이 어두워질수록
마지막 힘을 다해 세상을 향해 고개를 든다

마지막 순간에 있는 힘을 다해 하늘을 보는 꽃처럼
먹구름이 내려앉을수록 더 높이 비상하는 새들처럼
사람을 사랑함에 최선을 다해야 한다

사랑만이 우리에게
진정한 희망일 때가 있다

V. 드보라

White Frost * Camille Pissarro

마지막 순간에 있는 힘을 다해

하늘을 보는 꽃처럼

사람을 사랑함에 최선을 다해야 한다

힘겨운 세상일수록

사랑만이 희망일 때가 있다

당신이 바라는 대로

다른 이가 이렇게 저렇게 해주었으면
하는 것이 있으면
여러분이 먼저 그렇게 해주세요
도움을 받고 싶습니까?
먼저 도움의 손길을 펴십시오…
마땅한 대접을 받고 싶습니까?
그럼 먼저 이웃을 정중히 대하십시오.
잘못을 용서받고 싶습니까?
그럼 나무라지 말고
먼저 용서하십시오.
호의와 이해를 받고 싶습니까?
그럼 먼저 이해하고
따스하고 친절한 미소의 날개로 맞아주세요
그대 주위에 즐거움이 깃들기를 바랍니까?
그럼 모든 이에게
기쁜 날개를 달아주세요

J. 갈로

체험

얻어먹는 빵이 얼마나 딱딱하고,
남의 집살이가 얼마나 고된 것인가를
스스로 체험해 보라.

추위에서 떨어본 사람만이
태양의 소중함을 알 듯,
인생의 힘겨움을 통과한 사람만이
삶의 존귀함을 안다

인간은 모두 체험을 통해
조금씩 자라난다

알리기에리 단테

책

씨앗은 몸을 갈라 떡잎을 만들고
떡잎은 비밀을 모아 나무로 자란다
통나무는 무수히 살을 갈라
한 장 종이쪽이 되고
종이는 몸을 벌려 역사를 받아들인다
무거운 역사, 그래서 책은 무겁다

그런데 진짜 역사는
폭풍우의 심장까지 직시하는 잎사귀에 적혀 있거나
잎새 사이를 나는 새의 반짝 숨결에 적혀 있지
진짜 책은 가볍다

김응교

지나온 청춘에 바치는 송가 6

— 영등포역 연가

고향이 전남 벌교에
터 잡은 곳이 구로동이다 보니
수없이 영등포역에서 내렸다
맨 처음은 스무 살이었다
가방이 없어 종이 백 세 개에
잔뜩 옷가지가 담겨 있었다
스물셋 두 번째 상경 땐
큰 가방 하나에 작은 가방 두 개였다
십여 년이 흘러 다시 내릴 땐
한 여인과 갓 돌 지난
조그만 아이가 내 옆에 있었다
창피하다고 젊어서는 안 들고 가겠다 했지만
체면보다 생활이 먼저임을 깨달아갈 무렵엔
조기거나 양태거나 떡이 꽁꽁 얼려 있는
상자 두어 개를 낑낑거리며
들고 내려왔다 어떤 땐 잎 지는 가을이었고
어떤 땐 조용히 눈 내리는 겨울이었다
바람 불던 날
비 오던 날도 많았다
다시는 내려가지 않겠다고
이 악물던 날도 많았고

어떻게든 살아봐야 하지 않겠냐고
다시 발을 떼던 때도 많았다

아이도 다 크고
이제 내 곁엔 다시 아무도 없다
이 계단을 몇 번만 더 오르내리면
그것으로 그만일 수도 있다
거기 이십여 년째 줄 지어 잠들거나
소주병을 까고 있는 노숙인들이 남 같지 않다
그 틈 어디엔가
불쑥 끼어들어 눕고 싶을 때도 많았다
돌이킬 수 없지만
사는 것 그게 꼭 특별해야 한다고 생각하지 않는다

나는 언젠가 사라질 것이며
다시 영등포역 계단을 오르내리는
한 소년이 한 청년이 한 사내가
한 노인이 있을 것이다
그에게 그들에게
부디 충만한 사랑과 행복만이 함께하기를

송경동

고해성사

몰운대에 다녀왔습니다
선 채로 벼랑 끝에 입적한
나무성자를 만나고 왔습니다

선 채로 벼랑 끝에 입적한
나무 성자를 만나고 왔습니다

사랑을 등진 죄
도리를 다하지 못한 죄
고해하고 왔습니다
이밤에 알아내지 못한 죄에 대하여도
통회하오니 사해달라는
간청 또한 잊지 않았습니다

죽은 나무와 나 사이에
비밀이 많습니다

손 세실리아

작은 기도

눈 멀어 더듬더듬 찾게 하지 마시고
맑은 비전으로
언제 희망을 말할 수 있고
언제 한결 유익한 기운을 더 할 수 있는가를
알게 하소서.
불길이 약할 때
얇은 옷 차려입은 꼬마들이 거기 앉아
여태껏 누려본 적 엇는 즐거움을 그려보는 때에는
살랑살랑 부드러운 바람이 불게 하소서

가는 세월 동안에는
무심코 내가 던진 말이나
내가 얻으려고 애쓴 노력으로 인하여
가슴 아픈 일도
두 볼이 젖게 하는 일도 없게 하소서.

사무엘 E. 키서

A young sailor * Henry Scott Tuke

이제는 순간순간을 꼽지 말지어다.

나의 영혼이여, 잠시만 기다리자.

고된 시련은 끝나려 하니

고된 시련은 끝나려 하니,
나의 마음이여, 미래를 향해 웃어보렴.

지나가버렸으니, 경계의 날들은
내 슬픔이 눈물에 이르던 날들은.

이제는 순간순간을 꼽지 말지어다.
나의 영혼이여, 잠시만 기다리자.

내 쓰디쓴 말들은 입 막아버렸고
암담한 망상은 쫓아내버렸다.

고통스럽기만 한 의무로 해서
그녀를 볼 수 없이 추방당한 내 두 눈,

그녀의 다정한 목소리 그 황금 음조
듣기를 갈망하는 나의 귀,

나의 온 존재 나의 온 사랑이
그 복된 날을 환호하고 있으니.

검은 떡갈나무로부터 내릴 때,
우리 절망의 목소리.
종달새 노래하리라.

폴 베를렌느

생각

우리가 가지고 있는 것은
좀처럼 생각하지 않고,
언제나 없는 것만
생각하는 경향이 있다

이것이야말로
이 세상에 가장 큰 비극을 만드는 것이다

아르투어 쇼펜하우어

가진 것

몽골의 초원에서 나는 많은 것들을 내려놓아야 한다고 생각했지요. 가능한 한 다 버리고, 물기 마른 지평선 한 자락 몰고 올라가 산뜻하게 걸린 무지개처럼 몸이 가벼워지는 것. 우린 서로 가진 것이 달랐지요. 몇 마리의 양과 말, 한 나절이면 거뜬히 접어 길을 떠나, 서너 평 남짓한 '겔', 고작 그 안을 채울 만큼이 온 가족의 전부였죠. 유목민들에게는 짙푸른 하늘과 끝없는 초원, 머리 위로 열리는 밤하늘의 수박만한 별들, 이 모두가 다 그들 차지였지요.

한성례

Snap the Whip * Winslow Homer

쓰러지지 말고
물러서지 말고
고개 숙이지 말고
도망치지 말고
자신을 팔지 말고
비판에 약해지지 말라

일어서라

흑인임을 잊지마라
자긍심을 가져라
백인임을 잊지마라
자긍심을 가져라
남미계임을 잊지마라
자긍심을 가져라
아시아계임을 잊지마라
자긍심을 가져라

자기 자신이 되기를 두려워마라
당신은 결국 자기 자신이 될 수밖에 없으니까
결코 자신이 아닌 다른 사람이 될 수 없으니
할 수 있는 한 최선의 자신이 되어라
현실을 직시하라
언제나,
무슨 일이 있어도.

변호사이든, 의사이든, 축구선수이든,
화장실 청소부이든, 환경미화원이든, 요리사이든,
현실을 직시하라
그리고 언제나

최선의 자신이 되어라

자긍심을 가져라, 위엄을 가져라, 일어서라!
자랑스럽게 일어서고, 자랑스럽게 말하고, 자랑스럽
게 행동하고,
자랑스럽게 존재하라!

쓰러지지 말고
물러서지 말고
고개 숙이지 말고
도망치지 말고
자신을 팔지 말고
비판에 약해지지 말라.

현실을 직시하라. 당신을 비판하는 사람들은,
당신이 누구인지 가장 잘 아는 이들임을 깨달아라
그리고 그것을 받아들이든지, 잊어버려라.

"음, 흠!"
당신이 그것을 얻었음을 알겠다
무엇을?

그것은―
자긍심, 태도, 마력,
당신의 자아, 당신 자신, 당신의 자긍심,
아무 두려움이 없는 마음의 평화라고 하는 것이다.

보라, 나는 당신이 될 수 없지만 훌륭한 나 자신이다!
나는 나 자신이 부끄럽지 않다!

『프리덤 라이터스 다이어리』
― 기적의 글쓰기 수업에서

내가 이렇게 외면하고

내가 이렇게 외면하고 거리를 걸어가는 것은 잠풍날씨가 너무나 좋은 탓이고
가난한 동무가 새 구두를 신고 지나간 탓이고 언제나 꼭같은 넥타이를 매고 고운 사람을 사랑하는 탓이다

내가 이렇게 외면하고 거리를 걸어가는 것은 또 내 많지 못한 월급이 얼마나 고마운 탓이고
이렇게 젊은 나이로 코밑수염도 길러보는 탓이고 그리고 어늬 가난한 집 부엌으로 달재 생선을 진장에 꼿꼿이 지진 것은 맛도 있다는 말이 자꼬 들려오는 탓이다

백 석

사랑을 잊은 남자

내일 밥값도 못버는데, 밥값은 거품처럼 늘어났다
자살테러소식은 세금고지서처럼 쌓여갔고
세탁소도 모른 채 생계형 자살자들은 쉽게 사라졌다
잊는 건 얼마나 많은지 역사를 잊고 키스도 잊고
일중독에 빠지면 사랑을 잊고 만다
사랑을 잊은 남자가 섹스를 잊은 여자를 지나쳤고
섹스를 잊은 남자는 외로움을 뛰어넘으려
설탕공장인 줄 알고 빠진 곳이 쓰라린 바다였다

울 수도 없이 눈물도 잊어갔다.
팔은 발을 잊었고, 다리는 머리를 잊었다
무엇이 이토록 잊게 만드는 걸까
상처일까 외로움일까 내일 밥값일까

시도 성서도 안읽기에
영혼 부패 속도는 더욱 빨랐다
책이 방부제인 줄 모르고, 곰쓸개 , 개고기를 찾으며
개소리나 하는 남자는 바다세탁소를 영영 잊었다
구하지 않으므로 바다는 출렁이지 않았다
잊었으므로 흰 종이더미만 하늘로 날아갔다

밥값이 없어 굶는 이들은 지구 밖으로 내쫓겼다
무엇이 소중한지 모른 채 자꾸 잊어갔다

신현림

A Pensive Moment * Eugene de Blaas

반지하 엘리스의 행복

보일러만 켜면
방은 따스한 알이야 알속은
볏집단같은 몸 간신히 뉘여도
얼마나 다행인지 몰라 주인이 나가래서
다녀 보니 월세 밖에 없다
흙먼지 토할 희망도 없다

살아 갈 날은 자꾸 줄고
누구나 잠시 텐트치고 가는 거니까
바람에 떠는 달개비처럼 불안해도
슬픈 일을 음미하면
어떤 흥미로운 일이 생길지 몰라
흰 토끼가 지나갈지도 몰라

창밖에 흰 눈이 펄펄 내려

신현림

시인 연보

바츨라프 하벨 1936년 체코 출생. 극작가이자 인권운동가이며 대통령. 『뜰의 축제』로 국제적인 작가가 되었음.

박인환 1926년 출생. 1946년 국제신보 등단. 작품으로 「목마와 숙녀」, 「세월이 가면」, 「검은 강」, 「고향에 가서」 등이 있음.

오사다 히로시 1939 ~ 2015. 시인, 아동문학가, 번역가, 수필가.

앨리스 워커 1944년 미국 출생. 토니 모리슨과 함께 미국 흑인문학을 대표하는 여성작가이며, 『컬러퍼플』로 흑인 여성 최초로 퓰리처상 수상.

밥 딜런 1941년 미국 출생. 대중음악 가수이자 작사, 작곡가. 미국 노래의 전통에서 시적인 표현을 새롭게 만들어 낸 공로로 2016년 노벨문학상 수상.

요하임 링엘나츠 1883년 독일 출생. 종전 후 현대 독일 문학을 대표하는 새로운 개성의 작가.

랭스턴 휴즈 1902년 미국 출생. 시인, 소설가. 블루스, 민요를 능숙히 구사하는 시풍으로 1920년대 흑인 문예부흥의 기수가 됨. 작품으로 『슬픈 블루스』, 『유대인의 나들이옷』 등이 있음.

베르톨트 브레히트 1898년 독일 출생. 시인이자 극작가. 제대 군인의 혁명 체험의 좌절을 묘사한 『밤의 북소리』로 클라이스트상 수상.

쉘 실버스타인 1930년 미국 출생. 아동작가, 성인작가, 시인, 작사·작곡가, 음악가, 만화가, 극작가 등으로 폭넓게 활동. 작품으로 세계적으로 유명한 그림동화 『아낌없이 주는 나무』, 『어디로 갔을까, 나의 한쪽은』이 있음.

니카노르 파라   1914년 칠레 출생. 2011년 세르반테스 문학상 수상. 시집 『시와 반시』가 있음.

체 게바라   1928년 아르헨티나 출생. 정치가이자 혁명가.

요한 볼프강 폰 괴테   1749년 독일 출생. 세계적인 문학가이자 정치가, 과학자. 주저로 『빌헬름 마이스터의 편력시대』, 『파우스트』 등이 있음.

파블로 네루다   1904년 칠레 출생. 시인이자 사회주의 정치가. 1971년 노벨문학상 수상. 대표작으로 『지상의 주소』가 있음.

아르튀르 랭보   1854년 프랑스 출생. 19세기 후반 프랑스 상징주의 시의 선구자. 작품으로 「취한 배」 외에 약 50편의 운문시 및 38편으로 이루어진 『일뤼미나시옹』과 『지옥에서 보낸 한철』 등이 있음.

블라디미르 마야코프스키   1983년 러시아 출생. 러시아의 대표적인 미래주의 시인이자 극작가. 대표작으로 『배반의 플류트』, 『전쟁과 세계』, 『인간』 등이 있음.

샤를 보들레르   1821년 프랑스 출생. 시인이자 비평가. 근대 상징주의 시의 시조. 『악의 꽃』으로 알려짐.

이상   1910년 출생. 시, 소설, 수필에 걸쳐 두루 작품 활동을 한 일제 식민지시대의 대표적인 작가.

체스와프 미워시   1912년 폴란드 출생. 폴란드어로 민족적 시를 발표했고, 반나치 활동을 한 저항시인. 1980년 노벨문학상 수상. 시집 『대낮의 등불』이 있음.

비스와바 쉼보르스카   1923년 폴란드 출생. 시인이자 번역가. 1996년도 노벨문학상 수상. 사회주의 리얼리즘 수법을 반영한 꾸밈없고 섬세한 언어로 구사된 작품들을 발표. 대표작으로『큰 수』,『끝과 시작』등이 있음.

김태동   1991년 문학과사회 등단. 시집『청춘』이 있음.

이승훈   1942 ~ 2018. 1962년 현대문학 등단. 시집『사물들』,『당신들의 초상』,『당신의 방』등이 있고, 평론집으로『이상시 연구』,『반인간』,『시론』등이 있음.

기혁   2010년 시인세계 시, 2013년 세계일보 평론 등단. 시집으로『모스크바예술극장의 기립 박수』가 있음.

박상수   2000년 동서문학에 시, 2004년 현대문학에 평론 등단. 시집으로『후르츠 캔디 버스』,『숙녀의 기분』이 있고, 평론집으로는『귀족 예절론』이 있음. 현재 명지대 문예창작학과에서 강의.

최지인   2013년 세계의 문학 등단. 시집으로『나는 벽에 붙어 잤다』가 있음.

허은실   2010년 실천문학 등단. 시집『나는 잠깐 설웁다』, 에세이『나는 당신에게만 열리는 책』이 있음.

이원규   1989년 실천문학 등단. 시집『강물도 목이 마르다』등 6권. 육필시집『행여 지리산에 오시려거든』, 산문집『멀리 나는 새는 집이 따로 없다』등 3권이 있음.

박형준   1991년 한국일보 신춘문예 시 부문 등단. 시집으로『생각날 때마다 울었다』,『불탄 집』등. 현 동국대 교수

맹문재 1991년 문학정신 등단. 시집으로『먼 길을 움직인다』,『물고기에게 배우다』,『책이 무거운 이유』,『사과를 내밀다』,『기룬 어린 양들』등. 현 안양대 교수

김사람 2008년 리토피아 등단. 시집으로『나는 이미 한 생을 잘못 살았다』가 있음.

조동범 2002년 문학동네 신인상 등단. 시집으로『심야 베스킨라빈스 살인사건』,『카니발』,『금욕적인 사창가』가 있음.

손세실리아 2001년 사람의문학 등단. 시집으로『기차를 놓치다』,『꿈결에 시를 베다』, 산문집으로『그대라는 문장』이 있음.

신철규 2011년 조선일보 신춘문예로 등단. 시집『지구만큼 슬펐다고 한다』가 있음.

오인태 1991년 시집『녹두꽃』으로 등단. 시집으로『그곳인들 바람 불지 않겠나』,『혼자 먹는 밥』,『등뒤의 사랑』,『아버지의 집』,『별을 의심하다』가 있고, 동시집『돌멩이가 따뜻해졌다』, 산문집『시가 있는 밥상』, 이론서『어린이와 시』가 있음.

송경란 1996년 박재삼 추천 등단. 작품「원천호에서」,「들길에서」가 있음.

최호일 2009년 현대시학 등단. 시집『바나나의 웃음』이 있음.

하인리히 하이네 1797년 독일 출생. 낭만주의와 고전주의 전통을 잇는 서정시인인 동시에 반전통적이고 혁명적인 저널리스트였음. 주요 저서로『로만체로』,『루티치아』등이 있음.

한용운 1879년 출생. 독립운동가 겸 승려이자 시인. 시집 『님의 침묵』을 출간하며 저항문학에 앞장섰음.

폴 엘뤼아르 1895년 프랑스 출생. 다다이즘 운동에 참여한 대표적인 초현실주의 시인. 시집으로 『시와 진실』, 『교훈』, 『불사조』 등이 있음.

에밀리 디킨슨 1830년 미국 출생. 칼뱅주의적 정통주의의 영향을 받아 자연과 사랑, 청교도주의를 배경으로 한 죽음과 영원 등의 주제를 다룬 시들을 창작.

송찬호 1987년 『우리 시대의 문학』 6호로 등단. 시집으로 『흙은 사각형의 기억을 갖고 있다』, 『10년 동안의 빈 의자』, 『붉은 눈, 동백』, 『고양이가 돌아오는 저녁』, 『분홍 나막신』 등이 있음.

신현림 현대시학으로 등단. 시인과 포토그래퍼의 경계를 허무는 전방위 작가. 시집으로 『지루한 세상에 불타는 구두를 던져라』, 『세기말 블루스』, 『해질녘에 아픈 사람』, 『침대를 타고 달렸어』, 『반지하 앨리스』 등이 있음.

김소월 1902년 출생. 시 「진달래꽃」으로 유명한 한국의 대표 서정 시인. 5, 6년 남짓한 짧은 문단 생활 동안 154편의 시와 시론 『시혼』을 남김.

김수영 1992년 조선일보 신춘문예 시 「남행시초」 당선. 시집 『로빈슨 크루소를 생각하며, 술을』

로만 리터 1940년 독일 출생. 1975년 첫 시집 『우체국에서 낯선 사람 끌어안기』가 간행되었고, 나중에 『포에지 앨범』이라는 제목으로 간행되어 14일 만에 4만 부가 팔림.

두어스 그륀바인 1962년 독일 출생. 배우, 화가 겸 시인.

메이 사튼 1912년 미국 출생. 시인이자 소설가.

이문재 1959년 경기도 김포 출생. 「시운동」을 통해 작품활동 시작. 시집 『지금 여기가 맨 앞』, 『제국호텔』, 『마음의 오지』, 『내 젖은 구두 벗어 해에게 보여줄 때』 등이 있음. 현재 경희대 후마니타스칼리지 교수로 재직 중.

리처드 윌버 1921년 미국 출생. 미국의 대표 서정 시인으로, 퓰리처상, 전미 도서상 수상.

마틴 루터 킹 1929년 미국 출생. 미국의 침례교회 목사이자 흑인 해방운동가. 1964년 노벨평화상 수상. 주요 저서로 『자유를 향한 위대한 행진』이 있음.

김준태 1969년 전남매일 신춘문예 등단. 시집으로 『참깨를 털며』, 『넋 통일』, 『아아 광주여 영원한 청춘의 도시여』, 『칼과 흙』, 『지평선에 서서』, 『한 손에 붓을 잡고 한 손에 잔을 들고』, 『꽃이 이제 지상과 하늘을』, 『달팽이 뿔』 등이 있음.

아틸라 요제프 1905년 헝가리 출생. 20세기 헝가리를 대표하는 민중시인. 열일곱의 나이에 첫 시집 『아름다움의 구걸인』을 발표. 서른 두 살 젊은 나이에 자살로 생을 마감함.

프란츠 퓌만 1922 ~ 1984. 독일 패전후 소련군 포로수용소에서 공산주의 신봉자가 됨. 첫시집에서 자신을 동독의 애국자, 막시즘의 찬미자라 씀. 이후 체제 비판적인 작가 하임 비어만을 비판하자 항의표시로 동독작가 연맹 의장단직을 사임.

자크 프레베르　1900년 프랑스 출생. 프랑스의 시인이자 영화 각본가. 초현실주의 작가 그룹에 속해 활약. 대표작으로「파롤」,「스펙터클」등이 있고 상송「낙엽」을 작사함.

유치환　1908년 출생. 해방 직후 생명에의 열애를 노래한 점에서 '생명파 시인'으로 불림. 대표작으로「깃발」,「수首」,「절도絶島」등이 있음.

홍용희　1995년 중앙일보 신춘문예 평론부문 등단. 저서로『현대시의 정신과 감각』,『대지의 문법과 시적 상상』등이 있음.

윤후명　1967년 경향신문 신춘문예 시 부문 등단. 소설가. 시인. 화가. 한국문학의 한 획을 그은 문체의 대가. 작품으로『돈황의 사랑』,『모든 별들은 음악 소리를 낸다』등이 있음.

종추월　오사카에 사는 재일 한국여성시인.재일한국·조선인, 광주사건, 정체성, 모어母語, 일본어, 모성母性, 재일 1세대, 여성성, 제주도 등을 다룬 시들.

미하일 레르몬토프　1814년 러시아 출생. 시인이자 소설가. 푸시킨과 나란히 위치할 수 있는 러시아의 대시인. 대표작으로는『도망자』,『무티리』,『현대의 영웅』등이 있음.

메리 올리버　1935년 미국 출생. 시인. 1992년 전미문학상, 1984년 퓰리처상 수상.

권대웅　1988년 조선일보 신춘문예 등단. 시집으로『당나귀의 꿈』,『나는 누가 살다 간 이름일까』등이 있음.

켄트 M. 키스 1949년 미국 출생.

에밀리 브론테 1818년 영국 출생. 소설가 겸 시인. 대표작으로 시 「내 영혼은 비겁하지 않노라」, 소설『폭풍의 언덕』이 있음.

웬델 베리 1934년 미국 출생. 소설가 겸 시인, 문명비평가. 저서로 『삶은 기적이다』, 『나에게 컴퓨터는 필요없다』, 『성, 경제, 자유와 사회』 등이 있음.

글로리아 밴더빌트 1924년 미국 출생. 패션 디자이너이자 작가.

윤동주 1917년 출생. 일제강점기 어둡고 가난한 생활 속에서 인간의 삶과 고뇌를 사색. 「서시序詩」, 「또 다른 고향」, 「별 헤는 밤」 등이 있음.

김효은 2004년 광주일보 신춘문예 시 부문 등단, 계간 시에 평론 당선.

마야 안젤루 1928년 미국 출생. 시인이자 소설가, 배우, 인권운동가. 토니 모리슨, 오프라 윈프리 등과 함께 미국에서 가장 영향력 있는 흑인 여성 중 한 명으로 꼽힘. 대표작으로 자전소설『새장에 갇힌 새가 왜 노래하는지 나는 아네』가 있음.

알렉산드르 푸쉬킨 1799년 러시아 출생. 시인이자 소설가. 낭만주의 시대에 러시아 근대 문학의 기초를 닦음. 「삶이 그대를 속일지라도」로 우리에게 친숙한 작가.

알리기에리 단테 1265년 이탈리아 출생. 중세를 대표하는 작가로 불멸의 고전『신곡』을 남김.

김응교   1987년 분단시대에 시 발표. 1990년 한길문학 신인상 수상. 1991년 실천문학으로 평론 등단. 시집으로『씨앗/통조림』이 있고, 저서로『박두진의 상상력 연구』,『사회적 상상력과 한국시』등이 있음.

송경동   2001년 실천문학 등단. 시집으로『사소한 물음들에 답함』, 『나는 한국인이 아니다』가 있음.

폴 베를렌느   1844년 프랑스 출생. 프랑스 상징주의를 개척한 서정시인. 프랑스 시에서 가장 위대한 팽 드 시에클(세기말)의 대표자 중한 명임.

아르투어 쇼펜하우어   1788년 독일 출생의 철학자. 대표작으로『의지와 표상으로서의 세계』,『인생론』,『문장론』등이 있음.

헨리 반 다이크   1852년 미국 출생.

오마르 하이얌   1048년 페르시아 출생. 시인이자 천문학자, 수학자.

블레즈 파스칼   1623년 프랑스 출생. 수학자이자 철학자. 프랑스 사상사에 가장 큰 영향을 미친 서적인『팡세』를 씀.

호치민   1890년 베트남 출생. 제 1대 베트남 민주공화국 주석.

김승희   1973년 경향신문 신춘문예 시 부문, 1994년 동아일보 신춘문예 소설 당선. 시집『세상에서 가장 무거운 싸움』등, 산문집『벼랑의 노래』등, 장편소설『왼쪽 날개가 약간 무거운 새』, 이상 평전『제13의 아해도 위독하오』등이 있음. 현재 서강대학교 국어국문학과 명예교수.

미겔 에르난데스   1910-1942 스페인 시인, 스페인시민전쟁때 프랑코의 파시스트 군에 저항하다 알라칸테의 옥중사망.

찰스 부코스키   1920년 독일에서 태어나 어릴 적 미국으로 건너가 평생을 삶. 『우체국』, 『햄 온 라이』, 『팩토텀』, 『여자들』, 『할리우드』를 포함해 평생 60권이 넘는 소설과 시집, 산문집을 펴냄.

랄프 왈도 에머슨   1803년미국 출생. 사상가 겸 시인. 주요 저서 로 『자연론』, 『대표적 위인론』 등이 있음.

엘리자베스 칼슨   1966~. 미국의 텔레비전 평론가, 작가. 1989 년 미네소타주 미스 아메리카 대표. Miss America 장관과 작업. 전국 유명인 대변인.

제러드 맨리 홉킨즈   1844~1889. 영국 시인, 예수회 신부. 빅토 리아 시대 독창적 문인. 하와이 영국 총영사, 시집도 낸 맨리 홉킨스의 9명의 자녀 중 맏아들로 태어남. 20세기 주요시인에게 영향을 줌.

웬디 코우프   1945년~. 영국 여성 시인. 시인 라클런 맥키넌 (1956년~. 현대 스코틀랜드 시인, 비평가, 문학 기자)와 함께 Ely에 거 주.

어니 J. 젤린스키   현대인들이 행복하고 창조적인 삶을 살기 위해 글을 쓰고 강의. 『느리게 사는 즐거움』 등 다수의 책을 낸 전업작가.

드루 레더   예일 대학 의학 박사. 현재 메릴랜드주 로욜라 대학의 철 학과 교수로 재직 중 다양한 사상에서 얻은 깨달음은 《워싱턴 포스트》, 《시카고 트리뷴》, 《볼티모어 선》 등에 소개. 많은 독자들의 공감을 자 아냄. 저서 『나를 사랑하는 기술』이 있다.

나오미 시합 나이   난민의 딸로서, 팔레스타인계 미국인으로 30권의 책을 쓴 저자, 편집자. 이종문화 간의 경험표현. 국제적으로 많은 학교를 후원.

한성례   1955년 전북 정읍 태생. 시인. 번역가. 1986년 「시와 의식」 신인상으로 등단. 일본에서 '시토소조상' 수상. 한국어시집 『실험실의 미인』, 번역서 『세계가 만일 100명의 마을이라면』, 『붓다의 행복론』 등이 중·고등학교에 수록, 현재 세종사이버대학교 겸임교수. 한일 양국의 문학작품 번역가로서 앞장서 맹활약 중.

메리 R 하트만   여성 역사와 성 연구 전문 사회 역사 학자. Douglass College의 학장으로 12년간 재직.

에드거. A. 게스트   1881~1959. 영국 칼럼니스트, 작가. 평이하면서도 호소력 있고 또 감상적인 시와 글로 대중의 인기를 받았다.

백석   1912~1993 평안도 토속방언들을 눈부시게 표현한 일제 말기에 활동한 한국대표 시인. 사투리의 표현은 모국어를 지키려는 강력한 의지였을 것. 1987년 해금될 때까지 잊힌 비운의 시인으로 숙청당한 후 쓸쓸한 삶을 살았다. 한국인들이 가장 사랑하는 시인이다.

아들아,
외로울 때
시를 읽으렴

1판 4쇄 인쇄 2018년 4월 25일

1판 4쇄 발행 2018년 4월 30일

엮은이 신현림

펴낸이 신현림

펴낸곳 도서출판 사과꽃
서울 종로구 옥인길74 (3-31)

이메일 abrosa@hanmail.net

페이스북 @7abrosa

인스타그램 @hyunrim_poetphotographer

전화 010-9900-4359
런닝북 물류창고 전화 031-943-1656 팩스 031-943-1674

등록번호 101-91-32569

등록일 2012년 8월 27일

편집진행 사과꽃

아트 디렉터 신현림

디자인 강지우

인쇄 신도인쇄사 031-908-8223

ISBN 979-11-88956-04-3 (03800)

CIP CIP2018006229

값 13,800원